REHÉN DE SUS BESOS
Abby Green

Editado por Harlequin Ibérica.
Una división de HarperCollins Ibérica, S.A.
Núñez de Balboa, 56
28001 Madrid

© 2018 Abby Green
© 2018 Harlequin Ibérica, una división de HarperCollins Ibérica, S.A.
Rehén de sus besos, n.º 2669 - 26.12.18
Título original: The Virgin's Debt to Pay
Publicada originalmente por Harlequin Enterprises, Ltd.

I.S.B.N.: 978-84-9188-993-9
Depósito legal: M-32223-2018
Impresión en CPI (Barcelona)
Fecha impresion para Argentina: 24.6.19
Distribuidor exclusivo para España: LOGISTA
Distribuidor para México: Distibuidora Intermex, S.A. de C.V.
Distribuidores para Argentina: Interior, DGP, S.A. Alvarado 2118.
Cap. Fed./Buenos Aires y Gran Buenos Aires, VACCARO HNOS.

Capítulo 1

NESSA O'Sullivan nunca se había considerado capaz de cometer un delito, pero allí estaba, en el perímetro de una propiedad privada, entre las sombras de la noche, a punto de entrar y robar algo que no le pertenecía.

Con una mueca, sujetó en la mano la llave de su hermano para entrar en las oficinas del criadero de caballos de carreras Luc Barbier. Solo de pensar en el dueño de los establos, un escalofrío de aprensión la recorrió. Estaba apostada bajo la frondosa rama de un árbol, al borde del jardín que conducía a la puerta principal del edificio. Había dejado su viejo coche a unas manzanas de allí y había trepado por un muro para entrar.

Su propia casa familiar no estaba lejos, por eso, conocía muy bien la zona. Había jugado en aquellos establos de niña, cuando habían pertenecido a otra persona.

Sin embargo, todo le resultaba extraño y amenazante, más cuando el ulular de un búho la sobresaltó desde un árbol cercano. Se obligó a respirar hondo para calmarse y maldijo de nuevo a su impulsivo hermano por haberse ido de aquella manera. Aunque la verdad era que no podía culpar a Paddy Junior por no haber estado a la altura de Luc Barbier, el hosco y misterioso francés millonario que lideraba el mundo de los caballos de pura raza.

Su atractivo aspecto moreno había despertado rumores sobre su procedencia. Algunos decían que había sido abandonado por unos gitanos y que había vivido en las calles, antes de haberse convertido en una especie de leyenda en el mundo de las carreras por su habilidad para domar a los pura sangre más difíciles.

Había progresado en muy poco tiempo y poseía uno de los más prestigiosos criaderos de París, además de aquella enorme granja en Irlanda, donde habían sido entrenados los mejores caballos de carreras, bajo su estricta supervisión.

La gente decía que su talento era una especie de brujería proveniente de sus misteriosos antepasados.

Otros rumores aseguraban que no había sido más que un pequeño delincuente que había salido de las calles gracias a su tesón y a su intuición para los negocios.

El misterio de sus orígenes era un aderezo más para la expectación que despertaba pues, además de los caballos, había invertido en múltiples áreas de negocio y había quintuplicado su fortuna en pocos años. En la actualidad, era uno de los empresarios más ricos del país.

Desde que Barbier lo había contratado como capataz del criadero, hacía un par de años, Paddy Junior, hermano de Nessa, no había dejado de hablar de aquel tipo con una mezcla de admiración y respeto.

Nessa solo lo había viso una o dos veces de lejos en algún mercado de caballos de elite en Irlanda, donde solían participar los más importantes nombres del mundo de las carreras, jeques, la realeza y los más ricos del planeta.

Barbier había destacado entre todos, por su altura y por su aspecto. Su cabello negro, espeso e indomable, largo hasta el cuello de la camisa. Su rostro fuerte y moreno con expresión seria y ojos ocultos tras gafas de sol. Con los brazos musculosos cruzados sobre un ancho pecho, había observado con atención el desfile de animales. Más que un comprador, había parecido una imponente estrella de cine.

A diferencia del resto de participantes, él no había llevado guardaespaldas a la vista. Aunque su aire amenazante dejaba claro que era muy capaz de protegerse solo.

La única razón por la que Nessa estaba allí esa noche, a punto de entrar en una propiedad privada por su hermano, era porque Paddy le había asegurado que Luc Barbier estaba en Francia. No tenía ganas de encontrarse frente a frente con él, por supuesto. Las pocas veces que lo había visto, había experimentado una extraña sensación en el vientre, una inesperada excitación que no era apropiado sentir por un desconocido.

Respiró hondo otra vez y dio un paso hacia delante. El ladrido de un perro la hizo detenerse. Contuvo la respiración y, cuando el perro paró, continuó caminando hacia la puerta. Pasó bajo el arco que conducía al patio, donde estaban las oficinas del equipo administrativo.

Siguió las instrucciones de Paddy hasta las oficinas centrales y, con el corazón acelerado, usó la llave correspondiente para abrir la puerta. Aliviada porque no saltó ninguna alarma, ni siquiera se preguntó por qué.

Estaba oscuro dentro, pero en la penumbra pudo

vislumbrar las escaleras. Subió a la planta superior, iluminándose con la linterna del móvil. Enseguida, encontró el despacho de su hermano. Abrió con otra llave y entró sin hacer ruido, antes de cerrar la puerta tras ella. Se apoyó contra la pared un instante, con el corazón a punto de salírsele por la boca. Tenía la espalda empapada en sudor.

Cuando se sintió un poco más calmada, avanzó dentro del despacho, hasta el escritorio que se suponía que era de Paddy. Él le había dicho que su portátil estaba en el cajón superior, sin embargo, cuando lo abrió, lo encontró vacío. Los demás cajones estaban vacíos también. Entrando en pánico, Nessa miró en los otros escritorios, pero no había ni rastro del aparato. Entonces, las palabras de Paddy resonaron en su cabeza: «Ese portátil es la única oportunidad que tengo para probar mi inocencia. Solo necesito seguir la pista de los correos electrónicos para descubrir al hacker...».

Nessa se quedó inmóvil en medio del despacho, mordiéndose el labio.

No había escuchado ningún ruido que pudiera delatar que no estaba sola en las oficinas. Por eso, cuando el despacho se abrió de pronto y la luz inundó la habitación, ella solo tuvo tiempo de girarse conmocionada hacia la imponente figura que llenaba el quicio de la puerta.

Aturdida, apenas pudo reconocer que se trataba de Luc Barbier. Y que había estado en lo cierto al haber temido encontrarse con él cara a cara. Era el hombre más guapo y más impresionante que había visto en su vida.

Luc Barbier llevaba unos vaqueros negros y un

polo de manga larga que resaltaban su energía tan puramente masculina. Sus ojos la miraban fijamente, oscuros como dos pozos sin fondo.

−¿Has venido a buscar esto? −preguntó él, mostrándole el portátil plateado que llevaba en las manos.

Su voz era grave y tenía un ligero y sensual acento extranjero. Al escucharlo, Nessa sintió una inyección de adrenalina directa al corazón. Lo único que se le ocurrió hacer fue correr hacia la misma puerta por la que había entrado, pero cuando la abrió, se topó de frente con un guardia de seguridad con cara de sota.

La misma voz sonó detrás de ella otra vez, en esa ocasión con tono helador.

−Cierra la puerta. No vas a ninguna parte.

Cuando ella no se movió, el guardia de seguridad cerró la puerta, dejándola a solas de nuevo con Luc Barbier. Quien obviamente no estaba en Francia.

Con reticencia, ella se volvió para encararlo, consciente de que se había vestido con unos pantalones anchos negros, suéter de cuello alto negro y el pelo recogido en una gorra oscura. Debía de tener todo el aspecto de una ladrona.

Luc Barbier había cerrado la otra puerta. Había dejado el portátil en una mesa y estaba allí parado, con los brazos cruzados sobre el pecho y las piernas entreabiertas, preparado para salir tras ella si intentaba huir de nuevo.

−¿Quién eres tú?

Nessa apretó los labios y bajó la vista, esperando que la gorra ocultara su rostro.

Él soltó un suspiro.

−Podemos hacerlo por las malas, si prefieres. Puedo llamar a la policía y les tendrás que contar a ellos quién eres y por qué te has colado en mi propiedad. Pero los dos sabemos que buscabas esto, ¿verdad? –señaló él, tocando el portátil con los dedos–. Lo más seguro es que trabajes para Paddy O'Sullivan.

Nessa apenas escuchó sus palabras. Solo podía concentrarse en sus preciosas manos. Grandes y masculinas, pero elegantes. Manos capaces. Y sensuales. Un inoportuno escalofrío la recorrió.

El silencio pesó sobre ellos unos instantes, hasta que Barbier soltó una maldición en voz baja, tomó el portátil y se dirigió hacia la puerta. Entonces, Nessa se dio cuenta de que mezclar a la policía irlandesa en aquello sería todavía más desastroso. El hecho de que Barbier no los hubiera llamado todavía le daba un ápice de esperanza de salvar la situación.

–¡Espera! –gritó ella.

Él se detuvo a medio camino, dándole la espalda. Su estampa era tan imponente por detrás como por delante. Despacio, se giró.

–¿Qué has dicho?

Nessa intentó calmar su acelerado corazón. Tenía miedo de que le viera la cara, así que, inclinando la cabeza, trató de mantenerla oculta bajo la visera de la gorra.

–He dicho que esperes, por favor –repitió ella, encogiéndose. Como si siendo educada pudiera ganar algún punto.

Tras un breve silencio, Barbier volvió a hablar, con incredulidad.

–¿Eres una chiquilla?

Su pregunta le llegó al alma a Nessa. Sabía que iba vestida de negro de pies a cabeza y que llevaba una gorra. ¿Pero tan andrógino era su aspecto? Era consciente de que sus movimientos no eran demasiado femeninos. Se había pasado toda la infancia jugando con el barro y subiéndose a los árboles. Levantó la barbilla, ofendida, olvidándose de su intención de mantener la cara oculta.

—Tengo veinticuatro años. Ya no soy una niña.

Él la observó con escepticismo.

—Trepar por la maleza para traspasar una propiedad privada no es la clase de actividad a la que se dedica una mujer hecha y derecha.

Al pensar en la clase de mujer que podía gustarle a un hombre como él, Nessa se puso más nerviosa aún. Se sintió vulnerable y eso le hizo ponerse a la defensiva.

—Deberías estas en Francia.

—Lo estaba. Pero ya, no.

Cuando Barbier la inspeccionó con más atención, sintió un repentino interés. Sí, podía reconocer que era una mujer. Aunque su cuerpo era esbelto y menudo, tanto que podía parecer el de un chico. Pero podía adivinar sus pechos, pequeños y perfectamente formados, bajo un suéter negro.

Pudo percibir también su mandíbula, demasiado delicada como para ser masculina, y su boca carnosa. En ese momento, ella se estaba mordisqueando el labio inferior.

De pronto, experimentó el aguijón del deseo y la tentación de verla mejor.

—Quítate la gorra —ordenó él, sin pensarlo.

Ella levantó la barbilla otra vez. Hubo un momento de tensión en que Luc dudó qué iba a pasar. Entonces, como si se hubiera dado cuenta de que no tenía elección, ella se quitó la gorra.

Durante un momento, Luc solo pudo quedarse mirando como un bobo, mientras una cascada de pelo rojizo le caía sobre los hombros.

Luego, cuando se fijó en el resto de su cara, se quedó más embobado todavía. Había visto cientos de mujeres hermosas, algunas eran consideradas las más bellas del mundo, pero en ese momento no podía acordarse de ninguna.

La mujer que tenía delante era impresionante. Mejillas altas. Piel cremosa y pálida, impecable. Nariz recta. Enormes ojos color avellana con destellos verdes y dorados. Larguísimas pestañas negras. Y una boca jugosa y apetitosa.

Al instante, Luc experimentó una erección. Confundido, se dijo que no solía reaccionar así ante ninguna mujer. Quizá, la razón estuviera en lo inesperado de la situación, pensó.

—Ahora, dime quién eres o llamo a la policía.

A Nessa le había subido la temperatura bajo el intenso escrutinio de Barbier. Se sentía demasiado vulnerable sin la gorra. Pero estaba hipnotizada por la mirada de su interlocutor y no era capaz de apartar la vista. Era un hombre guapo, intensamente varonil y atractivo. Sus rasgos eran duros, a excepción de su boca, que era provocativa, sensual... y la distraía.

—Estoy esperando.

Nessa se sonrojó. Apartó los ojos, clavándolos en el cuadro de un caballo de carreras. Sabía que no tenía elección. Debía contestar, si no quería acabar en manos de la policía. En su pequeña comunidad, pronto se sabría en todo el pueblo lo que había pasado. Allí no existía el concepto de privacidad.

—Me llamo Nessa... —dijo ella y, tras titubear un momento, añadió—: O'Sullivan.

—¿O'Sullivan? —preguntó él, frunciendo el ceño—. ¿Eres pariente de Paddy?

Ella asintió, hundida por lo desastroso de su fracaso.

—Soy su hermana.

Barbier se tomó unos segundos para procesar la información. Y sonrió.

—¿Ha enviado a su hermanita pequeña a hacer el trabajo sucio?

—¡Paddy es inocente! —exclamó ella al instante.

Luc Barbier no parecía impresionado por su vehemente defensa.

—Ha empeorado las cosas al desaparecer. Y los hechos no han cambiado: facilitó la compra de un caballo de la cuadra de Gio Gorreti. Recibimos el caballo hace una semana y el millón de euros salió de mi cuenta, pero nunca llegó a la cuenta de Gorreti. Está claro que tu hermano desvió los fondos a su propio bolsillo.

Nessa se puso pálida al oír de cuánto dinero se trataba. Pero se obligó a mostrarse firme, por su hermano.

—Él no robó el dinero. No fue culpa suya. Lo hackearon. De alguna manera, alguien intervino la cuenta del vendedor y Paddy les envió el dinero, creyendo que iba dirigido al sitio correcto.

El rostro de Barbier parecía esculpido en granito.

—Si eso es cierto, ¿por qué no está él aquí para defenderse?

Nessa se obligó a no derrumbarse delante de aquel hombre tan intimidatorio.

—Le dijiste que lo harías arrestar. Pensó que no tenía elección.

Entonces, Nessa recordó las palabras llenas de ansiedad de su hermano: «Ness, no sabes de lo que es capaz ese hombre. Despidió a uno de los mozos en el acto el otro día. Para él, todo el mundo es culpable. Me hará pedazos. Nunca volveré a trabajar en la profesión...».

Barbier apretó los labios.

—El hecho de que haya escapado después de esa conversación telefónica solo le hace parecer más culpable.

Nessa iba a salir de nuevo en defensa de su hermano, pero se tragó las palabras. No tenía sentido explicarle a ese hombre que su hermano ya había tenido problemas con la ley cuando había pasado por una fase adolescente demasiado rebelde. Paddy se había esforzado mucho para pasar página, pero le habían dicho que si volvía a romper la ley, iría directo a la cárcel por sus antecedentes. Esa era la razón por la que había entrado en pánico y se había escondido.

Luc Barbier observó a la mujer que tenía delante. No comprendía por qué seguía intentado dialogar con ella. Pero su vehemencia y su claro deseo de proteger a su hermano a toda costa lo intrigaban. En su experiencia, la lealtad era un mito. Todo el mundo actuaba solo de acuerdo a sus propios intereses.

De pronto, se le ocurrió algo y maldijo para sus adentros. Había estado demasiado distraído por aquella cascada de pelo rojizo y aquella esbelta figura.

—¿Quizá tú también estás implicada? Igual solo querías conseguir el portátil para asegurarte de destruir las pruebas.

Nessa sintió que le temblaban las piernas.

—Claro que no. Solo he venido porque Paddy...

–comenzó a explicar ella y se interrumpió, no queriendo inculpar todavía más a su hermano.

–¿Qué? –inquirió él–. ¿Porque Paddy es demasiado cobarde? ¿O porque ya no está en el país?

Nessa se mordió el labio. Paddy había volado a Estados Unidos para esconderse con su hermano gemelo, Eoin. Ella le había rogado que volviera, tratando de convencerle de que Barbier no podía ser un ogro.

–Nadie se atreve a meterse con Barbier. No me sorprendería que tuviera antecedentes penales... –le había respondido su hermano entonces.

Durante un momento, Nessa se sintió mareada. Un escalofrío la recorrió. ¿Y qué pasaría si Paddy fuera realmente culpable?

Al instante, se reprendió a sí misma por siquiera dudar de la inocencia de su hermano. Ese hombre la estaba haciendo dudar de sí misma. Ella sabía que Paddy nunca haría algo así, de ninguna manera.

–Mira. Paddy es inocente. Estoy de acuerdo contigo en que hizo mal en salir corriendo, pero eso ya está hecho –le espetó ella con voz firme. Mentalmente, se disculpó con su hermano por lo que iba a decir a continuación–. Tiene la costumbre de salir huyendo cuando hay problemas. ¡Se marchó durante una semana entera después del funeral de nuestra madre!

Barbier se quedó pensativo un momento.

–He oído que los irlandeses tienen la costumbre de engatusar al contrario con palabras para salir airosos de sus errores, pero eso no funcionará conmigo, señorita O'Sullivan.

–No intento salir airosa de ningún error –replicó ella, furiosa–. Solo quería ayudar a mi hermano. Él dice que puede demostrar su inocencia con el portátil.

Barbier tomó en sus manos el ordenador plateado y lo levantó.

–Hemos revisado el portátil a fondo y no hay pruebas que apoyen la defensa de tu hermano. No le has hecho ningún favor al venir aquí. Ahora parece más culpable todavía y lo más probable es que te hayas implicado tú misma.

Luc contempló cómo ella se quedaba pálida. Le resultaba intrigante esa mujer incapaz de mantener ocultas sus emociones.

Aun así, no podía creer que fuera inocente.

Nessa estaba a punto de perder toda esperanza. Barbier era tan inconmovible como una roca. Él dejó el portátil y se cruzó de brazos de nuevo, apoyándose en el escritorio que tenía detrás. Parecía un hombre peligroso, sin lugar a dudas, pensó ella. Aunque no se trataba de un peligro físico, sino de algo más personal, algo relacionado con la forma en que se le aceleraba el corazón al mirarlo.

–Así que esperas que me crea que solo has venido aquí por amor a tu pobre e inocente hermanito –señaló él con tono burlón.

–Yo haría cualquier cosa por mi familia –replicó ella con fiereza.

–¿Por qué?

Su pregunta tomó a Nessa por sorpresa. Ella ni siquiera había cuestionado a su hermano cuando le había pedido ayuda. De inmediato, su instinto protector se había hecho cargo de la situación, a pesar de que era la hermana pequeña.

Su familia siempre había estado unida en los tiempos difíciles.

Su hermana mayor, Iseult, se había ocupado de

ellos tras la trágica muerte de su madre, mientras su padre se había sumergido en el alcohol. Iseult había protegido a sus tres hermanos de los excesos paternos, incluso, cuando su granja de sementales se había hundido.

Pero Iseult no estaba allí en ese momento. Le tocaba a Nessa ser quien ayudara a la familia.

—Haría cualquier cosa porque nos queremos y nos protegemos entre nosotros.

Barbier se quedó callado un momento.

—Así que admites que serías capaz de convertirte en cómplice de un crimen.

Ella se estremeció. Se sintió sola hasta los huesos. Sabía que podía llamar al jeque Nadim de Merkazad, el marido de Iseult y uno de los hombres más ricos del mundo. Seguro que él podría sacarla de ese lío en cuestión de horas. Pero Paddy y ella habían acordado que no les dirían nada ni a Iseult ni a Nadim. La pareja esperaba un bebé en pocas semanas y no querían causarles ninguna tensión.

—¿No entiendes el concepto de familia? ¿Tú no harías lo mismo por los tuyos? —le increpó ella, levantando la barbilla con gesto desafiante.

Barbier parecía de piedra.

—No tengo familia, así que no entiendo la idea, no.

Nessa se estremeció por dentro. ¿Qué significaba que no tenía familia? Ella no podía ni imaginarse la soledad de esa situación.

—Si tu familia está tan unida, acudiré a alguno de ellos para que me devuelva a tu hermano o mi dinero.

—Esto solo tiene que ver con Paddy y conmigo —se apresuró a decir ella.

Barbier arqueó una ceja.

—Hablaré con quien haga falta para recuperar mi dinero y para asegurarme de que nada de esto manche la reputación de mi negocio en la prensa.

Nessa apretó los puños a los lados del cuerpo, intentando controlar su temperamento.

—Mira, ya sé que no es asunto tuyo, pero mi hermana está a punto de tener un bebé. Mi padre la está ayudando y su marido y ella no tienen nada que ver con esto. Yo me hago totalmente responsable de mi hermano.

Luc sintió una honda emoción en el pecho al escuchar sus palabras. Sobre todo, cuando a él le era imposible entender el concepto de familia, como ella decía. ¿Cómo podía, cuando su padre argelino lo había abandonado antes de nacer y su inestable madre había muerto de sobredosis cuando él había tenido dieciséis años?

Lo más parecido que había tenido a una familia había sido un anciano que había vivido en la casa de al lado... un hombre pobre y solitario que, a pesar de todo, le había mostrado un camino para salir del pozo.

Luc se obligó a bloquear sus recuerdos y centrarse en el presente. Le llamaba la atención que esa joven osara desafiarlo, aun en su delicada posición. Y que no intentara usar sus encantos femeninos con él, después de que no estaba seguro de haber podido ocultar su reacción a ella. Odiaba admitirlo, pero sentía cierta admiración por aquella intrusa.

Parecía obcecada en defender a su hermano, incluso cuando sabía que podía llamar a la policía y, en cuestión de minutos, hacer que se la llevaran de allí esposada. Podía hacer caer sobre ella todo el peso de la ley, gracias a su eficiente equipo de abogados.

Sin embargo, la policía no solía estar entre sus soluciones acostumbradas para las situaciones difíciles. Había sobrevivido de muchacho en las calles de París y sabía que la vida era una prueba de resistencia. También, por propia experiencia, había aprendido que la policía nunca estaba cuando los necesitaba. Por eso, decir que no confiaba en ellos sería un eufemismo.

A Luc le gustaba ocuparse de las cosas a su manera. Quizá, por eso, los rumores lo habían convertido en una especie de mito.

—¿Y ahora qué hacemos, señorita O'Sullivan? Si estás dispuesta a hacerte responsable de tu hermano, entonces igual deberías hacerme un cheque por valor de un millón de euros.

Nessa se puso pálida. Un millón de euros era más dinero del que vería en su vida, se dijo. A menos que su carrera como jockey despegara y le dieran la oportunidad de montar en carreras importantes.

—No tenemos tanto dinero —dijo ella con toda la firmeza de que fue capaz.

—Bueno, pues no podemos ir más lejos, entonces. La cosa está bastante fea. Gracias a lo que ha hecho tu hermano, ahora tendré que darle otro millón de euros a Gio Corretti para que no haga preguntas ni se inquiete por no haber recibido todavía el pago.

Nessa se sintió mareada. No había pensado en eso.

—¿Por qué no hablas con él y le explicas lo que ha pasado?

Barbier rio.

—No creo que sea buena idea alimentar los rumores. La gente dirá que me invento historias para no pagar mis deudas.

A Nessa le daba vueltas la cabeza. Necesitaba sentarse.

—¿Estás bien?

Ella intentó respirar, la habitación se hizo más pequeña. Barbier se acercó. Parecía gigantesco. Y era la persona más imponente que había visto jamás.

Era demasiado rico, demasiado guapo, demasiado exitoso. Nessa tragó saliva.

—Me gustaría poder devolverte tu dinero ahora mismo. Pero no puedo. Sé que mi hermano es inocente, por muy difícil que parezca.

No había podido convencer a Paddy de que volviera para enfrentarse a Barbier y probar su inocencia. Estrujándose los sesos, trató de pensar qué podía hacer para compensar las acciones de Paddy.

—Lo único que puedo hacer es ofrecer mis servicios mientras no está mi hermano. Si me tienes a mí, ¿aceptarás que estoy dispuesta a hacer todo lo que pueda para probar que Paddy no es culpable?

Durante un momento, las palabras de Nessa se quedaron flotando en el aire y ella tuvo la esperanza de haber, por fin, logrado que Barbier se atuviera a razones. Sin embargo, él se enderezó con expresión sombría.

—Debería haber sabido que esa máscara de inocencia no podía ser auténtica —le espetó él con mirada de desdén—. Tengo que admitir que igual lo habrías tenido más fácil si hubieras entrado por la puerta principal vestida de una forma un poco más seductora. Aunque, de todas maneras, tengo que decirte que no eres mi tipo.

Nessa trató de comprender a qué se refería. Entonces, se dio cuenta de que había malinterpretado lo que le había dicho. Avergonzada, se sonrojó de humillación y rabia.

—Sabes que no me refería a eso.

Él arqueó una ceja.

—¿A qué te referías, pues?

Ella hizo una esfuerzo por mantener la calma, a pesar de que todo en ese hombre la sacaba de sus casillas.

—Lo que quería decir es que haré todo lo que esté en mis manos para convencerte de que mi hermano es inocente.

Capítulo 2

LUC SE quedó mirando a Nessa O'Sullivan, digiriendo sus palabras.

«Haré todo lo que esté en mis manos para convencerte de que mi hermano es inocente».

¿Qué clase de propuesta era esa? ¿Y por qué había disfrutado él tanto de provocarle tanta inquietud cuando la había llamado farsante? Primero, ella se le había ofrecido directamente, luego, había fingido que no había sido así.

Luc tenía ganas de reír. Ninguna persona podía ser tan inocente como Nessa O'Sullivan pretendía hacerle creer. Tal vez, solo los niños, antes de que crecieran y el entorno los manipulara y retorciera.

Entonces, recordó que le había dicho que no era su tipo. Era cierto, sin embargo, no podía ignorar cómo se le aceleraba la sangre delante de ella. Se dijo a sí mismo que sería por rabia. Pero sabía que no era más que puro deseo.

Sabía que debería haberse ido hacía un buen rato y haberla dejado en manos de las autoridades. Tenía pruebas suficientes para condenarla, junto a su hermano. Pero también sabía que no tenía por qué ser la única opción.

La joven lo miraba con cautela, como si temiera su próximo movimiento. Era una mujer que suscitaba su interés, reconoció él para sus adentros. Era algo que no le había pasado en mucho tiempo.

¿Qué podía perder si no llamaba a la policía? Después de todo, las fuerzas del orden público no eran mejores que el selecto equipo de seguridad que había contratado para seguirle los pasos a Paddy O'Sullivan.

Una cosa estaba clara. No iba a dejar que la intrusa se marchara. No confiaba en ella, en absoluto. No pensaba dejarla ir hasta que no recuperara cada céntimo del dinero que le habían robado. Si ella era cómplice, tenerla cerca sería la mejor manera de llegar hasta el ladrón.

Cuando se cruzó de brazos, Luc observó cómo Nessa se ponía tensa, como si estuviera preparándose para lo peor. En ese momento, parecía desafiante y vulnerable al mismo tiempo. Sin duda, debía de estar fingiendo, pensó él. No podía dejarse engañar.

–¿Dices que quieres convencerme de que tu hermano es inocente?

Nessa se mareó al pensar que Barbier había interpretado que le estaba ofreciendo su cuerpo, como una especie de... No quería ni pensarlo. Y por supuesto que ese hombre nunca se fijaría en alguien como ella, pero tampoco hacía falta que la humillara.

–Sí –afirmó Nessa, levantando la barbilla.

Barbier la miraba con intensidad. Era imposible adivinar lo que pensaba, se dijo Nessa e, instintivamente, se pasó la lengua por los labios. Cuando él siguió el movimiento con la mirada, a ella se le aceleró el pulso.

Sus ojos se encontraron de nuevo.

–Muy bien. No vas a irte de mi vista hasta que tu hermano rinda cuentas de sus acciones y yo recupere el dinero.

Ella abrió la boca, pero fue incapaz de pronunciar palabra.

–¿Qué quieres decir con que no voy a irme de tu vista?

–Eso, exactamente. Te has ofrecido a ocupar el lugar de tu hermano y hasta que él vuelva, serás mía, Nessa O'Sullivan, y harás lo que yo te mande.

–¿Vas a retenerme como una especie de... rehén? –preguntó ella, sin poder creerlo.

Él sonrió.

–No. Puedes irte cuando quieras. Pero no conseguirás llegar a tu coche antes de que la policía te alcance. Si quieres que crea que no tienes nada que ver con esto y que tu hermano es inocente, entonces, te quedarás aquí y harás lo que puedas para ser útil.

–¿Cómo sabes que he venido en coche? –quiso saber ella, tratando de calmar el pánico que crecía en su interior.

–Has estado bajo vigilancia nada más que aparcaste ese pedazo de chatarra junto a los muros de mi propiedad.

Nessa se sonrojó al pensar que sus pasos habían sido observados desde una sala de cámaras de seguridad.

–No he oído ninguna alarma.

–La seguridad aquí es silenciosa y de última tecnología. Las luces y las sirenas asustarían a los caballos.

Claro. Nadim había insistido en instalar un sistema similar de seguridad en su propia granja, recordó ella. Trató de pensar en alguna manera de no tener que pasarse un tiempo indefinido bajo las órdenes de ese hombre, aunque ella misma se lo había ofrecido.

—Soy jockey y trabajo en la granja familiar. No puedo dejar mis obligaciones como si cualquier cosa.

Barbier le recorrió el cuerpo con la mirada antes de contestar.

—¿Jockey? Entonces, ¿cómo es que no he oído hablar de ti?

—No he participado en muchas carreras todavía —contestó ella, sonrojada. Había ido a la universidad y se había licenciado, por eso, había estado unos años fuera del mundo de las carreras. Aunque no tenía por qué explicarle eso a Barbier.

—Sí, claro. Ser jockey es un trabajo duro. Tú tienes aspecto de ser frágil y consentida. No te imagino levantándote al amanecer y pasando un día entero de duro entrenamiento, como hacen la mayoría de los jockeys. Tus bonitas manos se te ensuciarían demasiado rápido.

Ella escondió las manos detrás de la espalda, consciente de que no tenían nada de bonito. Sin embargo, no quiso mostrárselas a Barbier, ni siquiera en su propia defensa. Todavía seguía pensando en la forma en que él le había dicho que no era su tipo.

Lo injusto de su ataque la había dejado sin palabras. Su familia había trabajado siempre duro en la granja. Se habían levantado antes de la salida del sol todos los días de la semana, sin importar el tiempo que hiciera. Nunca habían llevado una vida cómoda y lujosa. Ni siquiera cuando Nadim había invertido una gran suma en el negocio familiar.

—¿Y para quién montas?

—Para los establos de la familia, O'Sullivan —re-

puso ella, tratando de sonar tranquila–. Estoy acostumbrada a trabajar y, lo creas o no, llevo preparán-
dome para ser jockey desde que era adolescente. Solo
porque sea mujer...

Él levantó una mano, para interrumpirla.

–No tengo problemas con las jockeys femeninas.
Pero sí me molesta la gente que se aprovecha de las
conexiones familiares.

Nessa tuvo que contenerse para controlar su indignación. Ella había tenido que trabajar el doble de duro
que los demás para demostrar su capacidad delante de
su propia familia.

–Te puedo asegurar que, para mí, ser jockey no es
un capricho. Nada de eso –afirmó ella con voz cargada de emoción.

Barbier la contempló sin dejarse impresionar.

–Bueno, estoy seguro de que la granja de tu familia
se las arreglará sin ti.

Nessa se dio cuenta de que estaba perdida. Tanto si
salía por esa puerta como si se quedaba, no tenía nada
que hacer. Sin embargo, solo había una forma de contener la situación y hacer que no le salpicara al resto
de la familia. Tenía que hacer lo que Barbier quería.
Deseó poder dar marcha atrás al reloj y estar tranquila
en su cama, en su casa. Aunque, en realidad, algo
dentro de ella se alegraba de que no fuera así. No se
arrepentía de haber podido ver a aquel hombre de
cerca.

Al darse cuenta de sus propios pensamientos,
Nessa se puso todavía más nerviosa. La sangre se le
agolpaba en las venas de una forma que nunca había
experimentado antes.

¿Pero cómo podía traicionar a su hermano y a su

familia sintiéndose atraída por ese hombre?, se dijo, avergonzada. Quizá, fuera todo por culpa del estrés de la situación.

—¿Y qué voy a hacer aquí? —preguntó ella, intentando no imaginarse a sí misma encerrada en una torre y castigada a pan y agua.

Barbier la miró de arriba abajo, como dándole vueltas a qué podría ser capaz de hacer.

—Oh, no te preocupes. Encontraremos algo para mantenerte ocupada. Irás pagando la deuda de tu hermano con tu trabajo —señaló él y se enderezó del escritorio donde había estado apoyado—. Haré que Armand te escolte hasta tu casa para que recojas lo que vayas a necesitar. Puedes darme las llaves de tu coche.

¿Era posible que aquello estuviera pasando de verdad?, se dijo Nessa. Y no podía hacer nada para impedirlo. Con reticencia, tomó la llave del bolsillo y se la tendió a Barbier.

—Es un Mini vintage. Dudo que quepas dentro —se burló ella, aunque no tenía muchas ganas de reírse. No había imaginado que la noche acabaría así. Había sido una tonta al pensar que podía colarse en las oficinas de Barbier con tanta facilidad.

Él tomó la llave.

—No voy a ser yo quien quite el coche de ahí.

Por supuesto. Sería uno de sus criados, encargado de ocuparse de las pertenencias de la mujer que estaría apresada allí.

Pero Nessa no era amante de los dramatismos y trató de controlar los nervios. Estaba a cinco kilómetros de su propia casa, después de todo. ¿Y qué podía hacerle ese hombre? Una vocecilla maliciosa en su interior le dijo que lo peor no tenía que ver con hacerle pagar por los pecados de Paddy, sino con la forma en que la hacía sentir. Como si estuviera en una montaña rusa encima de un precipicio.

Barbier se giró y abrió la puerta del despacho, donde esperaba un enorme guardaespaldas. Hablaron en francés, tan rápido que Nessa no pudo entender ni una palabra.

Luego, Barbier se giró hacia ella.

—Armand te llevará a tu casa para que recojas tus cosas y te traerá de vuelta aquí.

—¿No puedo volver por la mañana?

Él negó con la cabeza y le hizo un gesto para que pasara delante. Sin abrir la boca, Nessa cruzó la puerta y siguió al corpulento guardaespaldas hacia la salida. En el exterior, había un coche esperando. Armand le abrió la puerta.

Durante un segundo, Nessa titubeó. Si corría lo bastante rápido, podía salir por la puerta exterior y ser libre.

—Ni siquiera lo pienses —le advirtió Barbier, detrás de ella.

En la oscuridad, parecía todavía más imponente. Alto, moreno, serio. Su rostro era un estudio de masculinidad.

Ella se agarró a la puerta del coche, necesitando algo que la sujetara.

—¿Y qué pasará cuando regrese?

—Te informaremos cuando estés aquí.

—¿Y si me niego? —dijo ella, presa del pánico.

—Como quieras, pero ya has dicho que no quieres involucrar a tu familia —repuso él, encogiéndose de hombros—. Si te niegas a volver, te garantizo que esa será la menor de tus preocupaciones.

Ella se estremeció. No tenía elección y lo sabía. Sintiéndose derrotada, se volvió y se subió al coche.

Por las ventanillas de cristal tintado, vio cómo Barbier se alejaba hacia el edificio principal. El coche se puso en marcha, pero ella siguió en silencio, sin ni siquiera decirle a Armand la dirección de su casa. Caviló que, si lograba convencer a Paddy de que volviera a probar su inocencia sin implicar a nadie más de la familia, entonces, su breve cautiverio en manos de Barbier merecería la pena.

Sin duda, la situación debía de tener un lado positivo. Si Barbier comprobaba lo lejos que ella estaba dispuesta a llegar para probar la inocencia de su hermano, le daría a Paddy la posibilidad, al menos, de explicarse, pensó.

Sin embargo, ¿por qué eso le resultaba menos atractivo que el hecho de volver a ver de nuevo a Barbier? Nessa se reprendió a sí misma, mirando su reflejo en la ventanilla del coche. Ella no era su tipo, se recordó con humillación.

Cuando Nessa regresó un poco después, todo estaba oscuro y en silencio. Armand la dejó con un hombre de mediana edad que tenía aspecto de acabarse de levantar y cara de pocos amigos. Se presentó como Pascal Blanc, capataz de los establos, mano derecha de Barbier y antiguo jefe de Paddy.

No dijo nada más al principio. La llevó a una espartana habitación sobre los establos. Obviamente, allí era donde dormían los empleados. Pero, al menos, estaba limpia y era cómoda.

Después de informarle de las reglas básicas y de los horarios, le comunicó que estaría encargada de limpiar las cuadras y el patio. Tenía que levantarse a las cinco de la mañana. Antes de irse, se detuvo un momento desde la puerta.

—Para que lo sepas, yo le habría dado a Paddy el beneficio de la duda, basándome en lo que sabía de él. Podíamos haber llegado al fondo de este desagradable incidente. Pero salió huyendo y ahora solo puedo esperar por su bien y el tuyo que regrese o que devuelva el dinero. Pronto.

Nessa fue incapaz de responder.

Pascal apretó los labios.

—Luc... El señor Barbier... no es muy amable con quienes lo traicionan. Proviene de un mundo donde las leyes no existen y no soporta a los idiotas, señorita O'Sullivan. Si su hermano es culpable, Luc no tendrá compasión con él. Ni con usted.

Nessa tragó saliva.

—¿Conoces al señor Barbier hace mucho? —fue lo único que ella pudo decir.

Pascal asintió.

—Desde que empezó a trabajar con Leo Fouret, la primera vez que entró en contacto con un caballo.

Leo Fouret era uno de los entrenadores de caballos más respetados del mundo, con cientos de carreras ganadas en su haber.

—Luc no creció en un mundo fácil, señorita O'Sullivan. Pero es un hombre justo. Por desgracia, su hermano no le ha dado la oportunidad de probarlo.

Nessa se quedó dándole vueltas a sus palabras durante un buen rato, después de que el hombre se hubiera ido. Al fin, se quedó dormida y soñó con ir a caballo, tratando de escapar de un terrible peligro que la perseguía.

¿De qué diablos se reía?, se preguntó Luc, irritado por el dulce y femenino sonido que salía de los establos, que solían ser un lugar donde todo el mundo hablaba en voz baja, por deferencia a los carísimos animales que allí vivían. Solo podía provenir de una persona, Nessa O'Sullivan.

Su hermano le había robado y, encima, ella se reía. Luc no pudo evitar pensar que había sido un tonto. Sin duda, estaba conchabada con su hermano y estaba contenta de haber conseguido infiltrarse entre su gente. No le gustaba la idea de haber metido un caballo de Troya en su propiedad.

Maldiciendo, soltó la pluma y se levantó de su escritorio. Se asomó a la ventana que daba a los establos. No podía verla desde allí y eso lo irritaba todavía más. Aunque había intentado evitarla desde su llegada. No había querido que ella pensara que su larga charla de la noche anterior se repetiría.

Luc no podía permitirse el lujo de ninguna distracción.

Acababa de convencer a Gio Corretti de que el retraso en el pago se debía solo a un error bancario.

Su reputación en el mundo de las carreras había estado bajo sospecha desde que había entrado en escena con un pura sangre de tres años que había llegado en el primer puesto en cuatro carreras de primer orden consecutivas.

El éxito no implicaba que se hubiera ganado a sus colegas. Él era un extraño en ese mundo. No tenía antepasados de sangre azul, ni millonarios. Solo había tenido la temeridad de invertir sus ganancias y hacerse rico en el proceso.

Todo el mundo creía que sus caballos estaban mejor educados que él. Y no se equivocaban. Los rumores sobre su procedencia no hacían más que añadir un toque de color al aura de misterio que lo rodeaba.

Pero, por mucho que le gustara provocar a la flor y nata con su actitud arrogante, ansiaba tener su respeto. Quería que lo aceptaran por lo que había conseguido armado solo con su talento innato y mucho trabajo duro.

Lo último que necesitaba era que se esparcieran más rumores, sobre todo, el de que Luc Barbier no sabía controlar a sus propios empleados. No quería que la gente dijera que había sido tan estúpido como para dejar que le quitaran un millón de euros delante de sus narices.

Furioso consigo mismo, recordó cómo el entusiasmo contagioso de Paddy y su aparente ingenuidad le habían resultado atractivos. Debería haber sabido que no era más que un vulgar ladrón.

De pronto, volvió a escuchar el sonido de una risa y se puso tenso. La adrenalina se mezclaba en sus venas con algo más ambiguo y caliente. Nessa O'Sullivan tenía que pagar por su hermano y eso era todo, se dijo a sí mismo. Cuanto antes le recordara a ella cuál era su lugar y lo que había en juego, mucho mejor.

—¿Con quién estabas hablando?

Nessa se puso tensa al escuchar aquella profunda voz a sus espaldas. Se giró despacio, preparada para toparse con Barbier por primera vez, desde la noche que la había sorprendido en su propiedad. Parpadeó.

El cielo estaba azul y el aire era suave pero, como solo pasaba en Irlanda, una fina niebla envolvía el ambiente y hacía que los hombros y el pelo de Barbier estuvieran sembrados de diminutas gotas. Le daban el aspecto de estar... brillando.

Tenía las manos en las caderas. Llevaba unos vaqueros gastados ajustados, que marcaban sus fuertes y largas piernas. Sus bíceps era impresionantes, igual que la musculatura que se adivinaba bajo su polo de manga larga y color oscuro.

Era imposible tener un aspecto más viril, pensó Nessa, sintiendo que su cuerpo subía de temperatura de forma inevitable.

—¿Y bien?

Avergonzada, ella se dio cuenta de que se había quedado mirándolo embobada. Tragó saliva.

—Solo estaba hablando con uno de los mozos.

—Eres consciente de que no estás aquí para hacer amigos, ¿verdad? El establo tiene que estar limpio antes de la hora de comer. Y no se te ocurra distraer a mis empleados —le espetó él, furioso.

Entonces, se marchó, dejándola perpleja, no solo por la brusca reprimenda, sino por cómo se le iban los ojos detrás de su figura, sus anchas espaldas, sus glúteos masculinos y bien moldeados.

Furiosa consigo misma por su estúpido interés en él, tomó la escoba y siguió con su tarea.

Al día siguiente, cuando estaba haciendo su visita acostumbrada a los establos, a Luc le extraño no verla por ninguna parte. Casi cuando iba a marcharse, en la última de las cuadras de la hípica, le pareció oír una voz de mujer.

—Eres muy guapo, lo sabes, ¿verdad? Claro que sí. Anda, toma, precioso.

El joven caballo meneó la cabeza, feliz, y tomó la zanahoria que Nessa le ofrecía. Ella sabía que no le estaba permitido rondar la zona de la hípica donde residían los más caros pura sangre, pero no había podido resistirse a la tentación.

—Te está prohibido el acceso a esta zona.

El instante de paz del que Nessa había estado disfrutando se desvaneció al momento. Cuando se giró, vio que Luc estaba mirándola desde la puerta con los brazos cruzados y el ceño fruncido.

—¿Qué le estás dando a Tempest? —inquirió él, acercándose con dos grandes zancadas.

—Es solo una zanahoria —repuso ella, apartando la mano con el vegetal.

—Nadie puede dar de comer a mis caballos, si no es bajo supervisión.

—¡Es solo una zanahoria! —repitió ella.

—Una zanahoria puede contener veneno o esteroides.

—¿Crees que soy capaz de hacerle daño a un caballo? —preguntó ella, quedándose helada.

—Que yo sepa, podrías ser cómplice de un robo. Y ahora te encuentro con el caballo que compré a Gio Corretti. Es sospechoso, ¿no te parece?

El caballo relinchó y Luc le acarició la cabeza con suavidad, susurrándole suaves palabras en francés. Sin poder evitarlo, ella se imaginó cómo sería estar en el lugar del animal, sentir su mano recorriéndole el cuerpo, sus dulces palabras en el oído... Al momento, apartó la vista, mortificada, temiendo que él pudiera adivinar sus pensamientos.

—Está agitado desde que llegó. Todavía no se ha adaptado bien —comentó él.

—Echa de menos a su madre.

Barbier clavó los ojos en ella.

—¿Cómo lo sabes?

Ella se sonrojó, evitando su mirada. ¿Cómo podía explicarle la afinidad que sentía hacia los caballos?

—Solo me lo imagino —repuso Nessa, encogiéndose hombros.

—Gio Corretti nos dijo a tu hermano y a mí que igual teníamos problemas para acomodar al caballo porque acababan de separarlo de su madre. Por eso lo sabes.

Ella percibió la condena y la desconfianza en sus ojos. Pero no podía decir nada para demostrar que no había sido más que una intuición. Se encogió de hombros.

—Si tú lo dices...

Sin darse cuenta, Nessa había posado la mano de nuevo en el caballo y le estaba acariciando la cabeza. Cuando Barbier se la agarró, ella dio un respingo, sobresaltada por la electricidad que la recorría cada vez que ese hombre se acercaba demasiado. Intentó zafarse de su contacto, pero él la sujetaba con firmeza. Envolviéndola de calidez.

—¿Qué es esto? —preguntó él, sujetándole la mano con la palma hacia arriba.

Nessa bajó la vista hacia sus manos enrojecidas y llenas de ampollas después de un par de días de duro trabajo. Humillada al pensar que él lo tomaría como una prueba de que no estaba acostumbrada a trabajar, apartó la mano de golpe.

–No es nada –negó ella y dio un paso atrás hacia la salida–. Ahora tengo que irme. Mi media hora de descanso ha terminado –añadió y se marchó, haciendo un esfuerzo para no salir corriendo. No podía dejar de pensar en la mirada de desaprobación de Barbier cuando había visto su mano. Le hacía sentir avergonzada y tremendamente sensible, lo que no tenía explicación.

Nessa no recordaba la última vez que alguien le había prestado tanta atención. Su hermana había hecho todo lo que había podido para cuidarla, pero no había sido una madre para ella. Y su padre había estado demasiado ocupado ahogando sus penas en alcohol.

Así que sus hermanos y ella habían tenido que cuidarse solos. Quizá, por eso, el contacto de otra persona era algo a lo que no estaba acostumbrada. Para colmo, había sido Barbier quien la había tocado, algo más inconcebible todavía. Ella no tenía ninguna conexión emocional con ese hombre... era una idea ridícula.

Luc se quedó mirando cómo Nessa salía de los establos y doblaba la esquina. La gracia atlética en sus movimientos le hizo intuir que sería una excelente jockey.

Todavía estaba asombrado de la facilidad con que había calmado a Tempest, uno de los caballos más indomables que había comprado jamás. Aunque, también, era uno de los mejores, si su intuición no le engañaba.

El caballo empujó el hombro de Luc con la cabeza, buscando más caricias. ¿De veras creía que Nessa era capaz de envenenar al animal? Levantó en su mano la zanahoria y se la tendió a Tempest.

En el fondo de su alma, sabía la verdad. No, ella no envenenaría a nadie. Ella se había mostrado demasiado sorprendida cuando la había acusado. Sin embargo, hasta que no apareciera su hermano con el dinero, no podía confiar en Nessa O' Sullivan. Lo más probable era que ambos fueran cómplices. Debía mantenerla bajo estrecha vigilancia.

Y eso haría.

Capítulo 3

V AS A mudarte a la casa.
Nessa miró a Barbier, que estaba de pie detrás de su escritorio. La habían llamado a su presencia hacía unos minutos.

Ella había intentado no dejarse intimidar por el exquisito lujo que impregnaba la casa. Esa era la zona del despacho privado de Barbier. Había estanterías llenas de libros, cuadros de arte moderno en las paredes. Y una enorme ventana desde donde podían verse los campos de entrenamiento.

—¿Cómo dices?

—He dicho que vas a mudarte a la casa —repitió él, deteniéndose en cada palabra con su sensual acento.

Nessa titubeó.

—¿Por qué?

—El ama de llaves se ha quedado sin una de sus ayudantes y he decidido que tú ocuparías la vacante.

—Ayudante de ama de llaves —dijo ella, digiriendo las palabras—. ¿Quieres decir limpiadora?

Barbier sonrió y asintió.

—Es porque fui a ver tus caballos de carreras, ¿verdad? —preguntó ella, sintiéndose humillada.

—No soy tan quisquilloso.

Solo de pensar en verse encerrada dentro de una casa limpiando suelos, Nessa sintió claustrofobia.

—Me acusaste de intento de sabotaje.

Barbier apretó la mandíbula.

—Por el momento, no tengo idea de qué eres capaz. Tú misma te has puesto en esta situación para convencerme de la inocencia de tu hermano. La señora Owens, el ama de llaves, necesita a alguien y...

—Y yo soy un peón bajo arresto que puedes colocar donde mejor te convenga —lo interrumpió ella, furiosa y frustrada.

—Eres tú quien se ha puesto en esta situación, Nessa. Eres libre de irte por esa puerta cuando quieras. Pero, si lo haces, ya sabes que avisaré a la policía local.

Nessa levantó la barbilla.

—¿Y por qué no lo haces de una vez? ¡Vamos, llama a la policía!

Barbier no se dejó impresionar por su estallido de rabia.

—Porque no creo que sea de ayuda para ninguno de los dos involucrar a las fuerzas de orden público. ¿De verdad quieres que todo el mundo sepa lo que ha hecho tu hermano?

Nessa se quedó helada al pensar en la expresión de dolor que su padre parecía tener permanentemente marcada en el rostro. Pensó en la preocupación de su hermana Iseult, cuando solo faltaban unas semanas para que naciera su bebé.

Entonces, miró al hombre que tenía delante y lo odió. Estaba en sus manos.

Y no podía echarse atrás.

—No, no quiero que nadie sepa lo que ha pasado. Si me quedo y hago lo que me pides, ¿puedes prometer que no dirás a nadie lo que ha hecho Paddy?

Barbier inclinó la cabeza.

–Como te he dicho, por ahora es mejor para ambos no dejar que esto se sepa.

Nessa se preguntó cómo podía afectarle a él que el asunto se hiciera público. Aunque, enseguida, caviló que no sería bueno para su negocio que se supiera que había perdido el pago que debía por un caballo.

Durante un instante, pensó en chantajearle con filtrar la noticia a cambio de asegurarse que no denunciaría a Paddy. Sin embargo, decidió que no serviría de nada. Barbier no era la clase de hombre que se dejaba manipular.

Por otra parte, eso no le daría a Paddy la oportunidad de probar su inocencia, los rumores se extenderían y eso lo apartaría del mundo de los caballos, que tanto amaba. Por no mencionar la decepción que se llevarían su padre y su hermana...

–Eres la única garantía de protección que Paddy tiene por el momento. Si te vas, no tendré piedad con él. Ni ninguna duda de su culpabilidad –señaló él, como si le hubiera leído el pensamiento.

A Nessa le dio un brinco el corazón. Así que había una oportunidad de que Barbier creyera en su inocencia, si ella podía convencer a Paddy de que volviera y se explicara.

–Bien. Trabajaré en la casa.

Él esbozó una sonrisa de medio lado.

–Me hace gracia que lo digas como si pudieras elegir.

Nessa se esforzó para no demostrarle lo mucho que le afectaba su desprecio.

–¿Algo más? –preguntó ella.

Él frunció el ceño antes de responder, como si le disgustara que no hubiera presentado más batalla.

–Sí. La señora Owens te mandará buscar y te enseñará lo que tienes que hacer. Te mudarás a uno de los cuartos de los empleados, aquí en la casa.

Dicho y hecho. Nessa había sido apartada de la paz y el aire fresco de la granja y los establos. Tenía el corazón encogido por tener que separarse de los caballos y, al mismo tiempo, sentía una extraña emoción al pensar que compartiría techo con Barbier.

Aunque ella quería ver a ese hombre lo menos posible, se aseguró a sí misma. De todas maneras, lo más probable era que estuviera castigada a limpiar baños y pasar la aspiradora por el pasillo.

Con toda la dignidad de que fue capaz, salió del despacho y se dirigió a su cuarto para recoger sus cosas. De camino, no pudo evitar pasar por los prados, donde los sementales comían la hierba fresca en libertad.

Uno de los caballos se acercó a ella y apoyó la cabeza en su hombro. Ella le ofreció la zanahoria que siempre llevaba encima y le acarició la nariz.

Verse apartada de la libertad de estar al aire libre con los animales era mayor castigo que tener que limpiar establos. Sin embargo, no creía que Barbier lo hubiera hecho a propósito.

No podía dejar de pensar en cómo él la había tomado de la mano y había clavado los ojos en su piel enrojecida. Se guardó las manos en los bolsillos, avergonzada al recordarlo, y continuó su camino.

Era ridículo pensar que Barbier le había hecho mudarse a la casa porque le preocupara el estado de sus manos. Ese hombre nunca se preocuparía por ella. Además, las labores domésticas tampoco iban a ser coser y cantar. Lo único que podía hacer era seguir adelante e intentar hacer las cosas lo mejor posible, se dijo a sí misma.

Luc tardó un buen rato en recuperar la temperatura normal de su cuerpo después de que Nessa se hubiera ido de su despacho. Había tenido que controlar su impulso de acercarse a ella, sujetarla de esa provocativa barbilla y besarla con pasión.

Era una sensación extraña. E irritante. Sobre todo, cuando ella no había llevado nada especialmente sexy. Se había presentado ante su vista con unos vaqueros, una camiseta vieja y botas, el pelo recogido en una cola de caballo medio deshecha y nada de maquillaje. Aun así, había algo en ella que lo incendiaba.

Eso y su desafiante expresión, la mirada de sus ojos. Cuando la tenía cerca, experimentaba la misma sensación que cuando estaba con un caballo que no hubiera sido domado aún. Tenía el deseo de domarlo, de hacer que se sometiera a su voluntad.

Nunca antes había sentido tanto interés por una mujer. Las féminas nunca lo habían interesado demasiado y los primeros instantes de atracción se habían desvanecido, por lo general, muy rápido. Era el primero en admitir que su experiencia con el sexo opuesto no era demasiado satisfactoria. Su madre le había dedicado solo unos breves años de amor maternal, antes de haber sucumbido a la adicción a las drogas.

Las chicas en su entorno habían sido tan duras como él, rotas por las circunstancias y las dificultades. Y, si les había quedado algo de cerebro, habían huido lejos, igual que había hecho él.

A veces, las mujeres que frecuentaban las altas

esferas sociales le recordaban a las chicas que había conocido en su juventud. Eran también duras, pero ocultaban su dureza bajo un caro disfraz de lujo y esplendor.

Sin embargo, Nessa no era nada de eso. Y estaba fuera de su alcance, por muchas razones, entre ellas, su supuesta complicidad con el robo.

Aunque Luc sabía que ella se sentía atraída por él. Lo adivinaba por sus ojos brillantes y sus mejillas sonrojadas, el ligero temblor de su cuerpo cuando estaba en su presencia. Lo más probable era que, también, Nessa supiera que a él le gustaba, a pesar de que la primera noche le había dicho que no había sido su tipo. No era cierto.

Aun así, ella no trataba de manipularlo ni de usar la química que había entre ambos en su ventaja. Era demasiado extraño. Sin duda, debía de obedecer a algún plan oculto, caviló.

Parado ante la ventana, posó los ojos en los campos donde sus caballos trotaban y se entrenaban al sol. Su negocio cubría todas las fases de la crianza y el entrenamiento de pura sangres. Siempre le había dado mucha satisfacción pensarlo, aunque sabía que todavía le quedaba lo más difícil por lograr.

No se sentiría realmente realizado hasta que no lograra el respeto de sus iguales, que siempre lo observaban bajo sospecha.

Era su mayor sueño. No deseaba las cosas que la mayoría de la gente quería, ni una familia, ni seguridad, ni amor. ¿Qué era el amor, de todos modos? Era un concepto extraño para él, tanto como el de confianza.

No podía entender la defensa ciega que Nessa había hecho de su hermano. A menos que ella quisiera sacar algo de todo eso. No podía concebir que lo hiciera solo por amor y por lealtad.

Lo único que existía para él eran sus propios logros, a los que había llegado con el sudor de la frente. Solo quería dejar al mundo un legado más honorable que el que había recibido al nacer. Su nombre perduraría en el mundo de las carreras de caballos.

Aun así, en ese mismo instante, tuvo la sospecha de que, incluso si sus iguales lo miraban con respeto, seguiría sintiéndose inferior a ellos.

Algo llamó su atención en los establos. En la distancia, vio a Nessa desaparecer tras una esquina de los establos, con su cabello pelirrojo ondeando al viento. Al instante, su cuerpo reaccionó, llenándose de deseo. Quizá no era buena idea hacer que se mudara a su casa. Debería enviarla lo más lejos posible, pensó.

Ninguna mujer lo había excitado jamás como ella. Pero debía reprimir sus instintos. Pues satisfacer su deseo no aportaría nada a su vida ni a su éxito en la vida. Debía ser fuerte y resistirse a la tentación.

—Esta es la última tarea del día, cariño, ve arriba y haz la suite privada del jefe. Volverá de París esta noche y no he tenido tiempo de ir a limpiar, estoy demasiado ocupada con los preparativos de la fiesta de este fin de semana.

Nessa tomó la cesta llena de productos de limpieza que la señora Owens le tendía. Solo de escuchar que él estaba a punto de volver le subió la temperatura.

Furiosa consigo misma por reaccionar de esa manera, trató de concentrar sus pensamientos en que su jornada estaba a punto de terminar. Era agotador limpiar la casa todo el día, todos los días.

Además, habían estado ocupadas con los preparativos de la gran fiesta que se celebraría en la casa el fin de semana, para inaugurar la nueva temporada de las carreras más prestigiosas del año en Irlanda.

—He dejado ropa de cama limpia en su habitación. Tienes que cambiar las sábanas. Cuando hayas terminado, puedes tomarte el resto de la tarde libre —informó el ama de llaves.

Nessa subió hacia la segunda planta de la opulenta casa de campo. En esa planta estaban todos los dormitorios. La primera estaba ocupada con el despacho de Luc y un gimnasio. También tenía una enorme sala de cine privado y otra de reuniones.

La planta baja albergaba un gran salón de baile con grandes puertas de cristal que daban a unos jardines exquisitamente cuidados. Además, estaban allí dos comedores y una sala de recepción.

En el sótano, había una gran cocina, junto a los cuartos de los empleados.

Al llegar a la segunda planta, caminó hasta el final del pasillo, por delante de las habitaciones de invitados. Un ala completa estaba dedicada a la suite principal. Conteniendo el aliento, abrió la puerta.

El aroma de Barbier la inundó de inmediato, metiéndosele debajo de la piel. Maldiciendo para sus adentros por su reacción, entró hasta la sala principal y dejó allí la cesta de limpieza. Abrió las ventanas de par en par para que entrara aire fresco. Y para no sentirse tan hipnotizada por su sensual aroma.

No pudo evitar mirar a su alrededor. El salón era

grande y espacioso, con muebles en tonos grises y excelentes cuadros de pintura abstracta en las paredes. También había muchos libros, de todo tipo, sobre todo, novelas clásicas y sobre fotografía.

Tuvo que hacer un esfuerzo para recordar por qué estaba allí y no sumergirse en la lectura de uno de esos libros, tumbada en uno de los sofás. Se dio cuenta de que estaba más cansada de lo que había pensado. Tantos días de duro trabajo y noches sin dormir apenas le estaban cobrando peaje.

Respirando hondo, tomó el plumero y se puso a limpiar. Después, con reticencia, se dirigió al dormitorio. Lo primero que captó su atención al abrir la puerta fue la gigantesca cama que dominaba el espacio. Tenía un cabecero gris oscuro, del mismo color que los ojos de Luc, pensó.

Además, había unos cuantos armarios empotrados, una cómoda y mesitas de noche. Lo sorprendente era que no había nada que pareciera demasiado personal. No había fotos, ni recuerdos, ni adornos. Solo algunas ropas tiradas en una de las sillas y las sábanas revueltas.

Antes de concentrarse en la cama, Nessa decidió asomar la nariz a una de las puertas, que daba a un vestidor, y a otra, que daba al baño. La bañera parecía lo bastante grande como para una equipo de fútbol entero.

Entonces, se puso a limpiar el baño, intentando no dejarse distraer por su aroma, que estaba en todas partes. Tomó un frasco de colonia, lo destapó y lo olió, antes de dejarlo a todo correr.

Enfadada consigo misma por comportarse como una tonta, terminó de limpiar y regresó al dormitorio. Quitó las sábanas usadas, intentando no imaginarse su cuerpo desnudo y caliente cubierto con ellas. ¿Dormiría desnudo?, se preguntó. Parecía la clase de hombre que sí lo haría...

Nessa se quedó paralizada, conmocionada por el rumbo que estaban tomando sus pensamientos. Pero no podía evitar preguntarse cómo sería Luc Barbier desnudo. La temperatura le subió al instante.

Tenía que reconocer que Barbier había logrado lo que ningún otro hombre. Había conseguido despertar sus hormonas aletargadas. Y era humillante que el primer hombre al que deseaba era el que menos se fijaría en ella.

A menudo, se había preguntado por qué nunca le habían excitado otros chicos en la universidad. Su falta de interés en el sexo cuando había salido con alguno le había ganado la reputación de frígida. Por eso, se había encerrado en sí misma, para no exponerse a más burlas.

Nessa hizo la cama tratando de ignorar la suave impronta del cuerpo de él en el centro del colchón. Cuando terminó, dio un repaso más a todas las salas de la suite y recogió sus materiales de limpieza. Entró en el dormitorio una vez más, recorrió con la mirada la cama perfectamente hecha y, cuando estaba a punto de salir, algo llamó su atención en el exterior.

Se acercó a la ventana y lo que vio le hizo contener la respiración. El sol se estaba poniendo en el horizonte, bañando los prados con una hermosa luz dorada. No había caballos entrenando ya, pero ella los imaginaba como si estuvieran allí. Sumida en la belleza del paisaje, se sentó en un enorme sofá que había frente a la ventana para disfrutar de las vistas un momento.

Nessa sabía por qué siempre había evitado el contacto físico. Se había quedado sin madre a edad muy temprana y su padre había estado demasiado destrozado como para ocuparse de ella y sus hermanos. Siendo niña, había comprendido que lo mejor que había podido hacer había sido tragarse su dolor, sabiendo que el resto de su familia tenía bastante carga ya. Había sido más fácil para ella bloquear sus emociones y concentrarse en su sueño de convertirse en jockey.

Pero, a veces, el hondo dolor de su duelo contenido la atenazaba el pecho. Y, a veces, cuando veía a su hermana Iseult con su marido y comprendía el bello vínculo que había entre ellos, sentía envidia de su relación. Sin embargo, no podía imaginarse a sí misma amando tanto a alguien. Su miedo a la pérdida era demasiado grande.

Hasta ese momento, había rehuido el sexo porque el precio de intimar con alguien le parecía demasiado alto. Aun así, cuando pensaba en Luc Barbier, lo que menos le importaba era el precio a pagar.

Luc estaba cansado y frustrado. Se había pasado los últimos tres días trabajando intensamente en una de sus más brillantes promesas, un caballo llamado Sur La Mer. Iba a correr dentro de unas semanas en Francia, pero ninguno de sus jockeys parecía capaz de hacer que el animal rindiera todo lo que podía.

Además, se sentía frustrado en otra área mucho más difícil... el sexo. No estaba acostumbrado a experimentar frustración sexual. Cuando deseaba a una mujer, la poseía y la olvidaba.

Pero solo un mujer había dominado sus pensamientos mientras había estado en Francia. Nessa O'Sullivan. Había asistido a una gala benéfica de la alta sociedad que había estado llena de mujeres hermosas. Ninguna había suscitado su interés. Al contrario, había terminado preguntándose qué aspecto tendría Nessa con uno de esos exquisitos vestidos, en vez de con los vaqueros gastados que solía llevar, ajustados a unos muslos largos y firmes.

Maldiciendo para sus adentros, Luc se dirigió a su dormitorio, pensando en darse una ducha fría e irse a la cama.

Pero, cuando abrió la puerta, notó que algo pasaba. Todos sus instintos se pusieron alerta.

Vio la cesta de productos de limpieza primero, en una mesa junto a la puerta. Entonces, cuando la vio a ella, se quedó sin respiración. No estaba seguro de que no fuera una alucinación.

Estaba acurrucada ante el ventanal, en el sillón. Parecía dormida. Tenía las piernas dobladas a un lado y la cabeza apoyada en el cristal, como si hubiera estado contemplando las vistas.

Luc se acercó y recorrió su cuerpo con la mirada. Nessa llevaba unos pantalones negros y una blusa del mismo color, con unas playeras planas. Era el uniforme habitual de sus empleados del hogar.

La blusa se le había salido de la cintura de los pantalones y dejaba ver un pequeñísimo fragmento de piel blanca, pálida como la nieve. Al instante, le subió la temperatura al verla.

Como si hubiera percibido su presencia, Nessa se removió en el sofá. Parpadeó un momento con sus largas pestañas antes de abrir los ojos de golpe. Despacio, pareció registrar dónde estaba y a quién tenía delante.

Entonces, ella se sonrojó, abriendo los ojos como platos. Eran de un verde oscuro con brillos dorados. Luc deseó poder sumergirse en ellos...

Nessa parpadeó con aire inocente. Por un segundo, él estuvo a punto de creer que no lo había planeado todo.

—Bueno, bueno, bueno. Mira a quién tenemos aquí —dijo él, recorriéndola de arriba abajo con la mirada con deliberada lentitud—. Habrías hecho las cosas más fáciles para ambos si me hubieras esperado desnuda en la cama.

Capítulo 4

NESSA levantó la vista hacia Luc, que parecía una torre delante de ella, imponente con su barba incipiente y el ceño fruncido. Tardó unos instantes en poder digerir sus palabras.

Él tenía el pelo revuelto, como si se hubiera pasado la mano por la cabeza repetidas veces. Y llevaba una camisa blanca desabotonada en el cuello, que dejaba ver un poco de su piel oscura. Una poderosa sensación de deseo la invadió.

Entonces, cuando su mente al fin comprendió lo que él había dicho, Nessa se despertó de golpe y se puso de pie de un salto, llena de adrenalina.

—¿Cómo te atreves a insinuar algo así? —replicó ella con voz todavía somnolienta, mientras se maldecía a sí misma por haber dejado que el sueño la venciera.

Luc seguía mirándola con aire de superioridad. Se cruzó de brazos.

—Entro en mi dormitorio y me encuentro con una mujer que finge estar dormida, esperándome... Como he dicho, suelen esperarme en la cama, con mucha menos ropa, pero el mensaje es el mismo. Vienen a mí solo por una razón.

Nessa se quedó sin palabras ante su arrogancia. Al final, logró reaccionar, sumida en un mar de indignación y otras sensaciones mucho más molestas.

—Bueno, siento decepcionarte, pero eso era lo último que tenía en mente. Estaba limpiando tu cuarto, me senté un momento y me quedé dormida. Te pido disculpas por eso. Pero no he venido aquí para... para...

—¿Para seducirme?

Antes de que ella pudiera contestar, Luc prosiguió.

—Para que lo sepas, estos jueguecitos no me excitan. Soy mucho más tradicional. Cuando hago el amor, lo hago con intensidad y no me hacen falta teatros.

Sin poder evitarlo, Nessa se incendió por dentro, imaginando cómo de intenso sería el sexo con él. Sintió que gotas de sudor le caían entre los pechos. Y su furia creció.

—No he venido para hacer el amor con nadie. Mi único crimen ha sido quedarme dormida en el trabajo y, si me perdonas, ahora mismo me voy de aquí y te dejo en paz.

Cuando Nessa intentó pasar de largo frente a él, la sujetó del brazo, murmurando una maldición en francés. A ella se le aceleró el pulso.

—¿En paz? —le espetó él—. No he tenido paz desde que tu hermano desapareció con un millón de euros y te dejó a ti para fingir su inocencia. ¿Qué tienes planeado, Nessa? ¿A qué estás jugando? Te aviso de que te vas a quemar, si pretendes jugar con fuego.

Su intensa mirada era capaz de derretir a cualquiera. Nessa logró zafarse de su mano.

—No estoy jugando a nada. Y no he venido aquí con la intención de seducirte —negó ella, temblorosa. Aunque quisiera hacerlo, de todos modos, no tenía ni idea de cómo seducir a nadie y menos a un hombre como Luc Barbier.

–¿De verdad quieres que me crea que te quedaste dormida como la Bella Durmiente del cuento, esperando al príncipe azul?

–Yo no creo en cuentos de hadas –repuso ella, sonrojándose–. Y no te preocupes, sé que no eres ningún príncipe azul.

Luc la sujetó de ambos brazos, haciendo que ella se volviera para mirarlo a los ojos.

–¿Qué significa eso?

–Lo primero de todo, no vuelvas a sujetarme como si fuera una marioneta –le gritó ella. No estaba dispuesta a dejarse apabullar por ninguna clase de violencia–. Para que te quede claro, no tienes ningún derecho a agarrarme ni a usar tu fuerza bruta conmigo.

Pálido y sorprendido ante su firmeza, él abrió los dedos y apartó las manos.

–Puede que yo nunca sea un príncipe –continuó Luc, furioso, bajando un poco el tono–. Pero tú no estás en posición de creerte superior. Solo eres la hermana de un ladrón, dispuesta a seducirme para librarlo de su deuda. Como te he dicho, tu farsa de niña inocente no va a tener efecto conmigo.

Sin decir más, Luc la tomó entre sus brazos. Y, antes de que ella pudiera protestar, la besó.

Al instante, las palabras perdieron todo sentido para Nessa. Mientras él exploraba su boca con la lengua, su cuerpo se prendió fuego, igual que su alma. Nunca se había imaginado que un beso pudiera ser así.

Luc era un experto en el arte de besar. Olvidándose de todo a su alrededor, ella se aferró a su cuello, apretándose contra su pecho. Entrelazó sus lenguas, ansiando sentirlo más y más. En ese momento, supo que estaba dispuesta a rendirse a su pasión, sin un ápice de duda. Era como si toda la vida hubiera estado esperando que ese hombre la besara.

Un calor líquido la inundaba las piernas cuando Luc apartó sus labios. Ella soltó un gemido involuntario de decepción. Pero él no la soltó. Le trazó un camino de besos por el cuello, mientras el único sonido que había a su alrededor era el de sus respiraciones aceleradas. Al instante, él deslizó una mano bajo su blusa y le desabrochó los botones.

Como en una nube, Nessa se dejó llevar hasta la cama. Y se dejó sentar sobre el regazo de él. Estaba embriagada por tanto deseo.

Luc posó la mano en uno de sus pechos cubiertos por un sujetador de encaje, con expresión hambrienta. Llenaban su mano a la perfección, como si hubieran sido hechos con el tamaño justo para él.

Cuando le bajó el sujetador, dejando su piel al descubierto, ella se mordió el labio inferior para no gemir. Y, cuando le acarició los pezones con el pulgar, una corriente eléctrica la recorrió.

Mirándola, Luc sonrió. Era la primera vez que lo veía sonreír desde que lo había conocido. Su sonrisa, seductora, traviesa, desarmadora, era mucho más de lo que ella había soñado.

Un capullo de deseo los protegía de la realidad. Tanto que, por unos segundos, Nessa se preguntó si no estaría dormida y si aquello no sería más que un vívido sueño.

Pero no era un sueño y ella sabía que era muy importante recuperar la cordura y detenerlo.

Justo cuando Luc estaba inclinando la cabeza hacia uno de sus pechos y ella no deseaba más que rendirse al placer de su boca, algo la hizo reaccionar. Posó las

manos en los hombros de él y se incorporó, sintiéndose como un potro tratando de ponerse en pie por
primera vez.

Luc la miró como si no pudiera creer que se estuviera apartando de él. Nessa se dio cuenta de que estaba medio desnuda. Se subió la blusa, abrochándose
torpemente un par de botones.

—No he venido aquí para esto. De verdad.

Luc tenía una erección desmesurada y la deseaba
como nunca había deseado a ninguna mujer. Nessa lo
estaba mirando con las mejillas sonrojadas, los ojos
muy abiertos y el pelo suelto y desarreglado.

Entonces, por primera vez, Luc barajó la posibilidad de que, realmente, se hubiera quedado dormida
mientras había estado limpiando. Pero no podía ser.
Sin duda, estaba tratando de manipularlo. Y él no podía permitirlo.

Forzándose a calmar su excitación, él se puso en pie.
Ella dio un paso atrás. Al pensar que ella se apartaba
para que no volviera a tocarla, una desacostumbrada
sensación de vulnerabilidad lo tomó por sorpresa.

—Acostarte conmigo no va a mejorar ni tu situación
ni la de tu hermano. Ya te he dicho que no me gustan los
juegos, así que, a menos que quieras admitir que ambos
nos deseamos, sin compromiso ninguno, sal de aquí.

Su voz fría y remota le cayó a Nessa como un cubo
de agua helada. No tenía sentido tratar de defenderse
ni dar más explicaciones. Así que tomó la cesta de
productos de limpieza y salió corriendo de allí.

Cuando llegó a su cuarto, Nessa cerró la puerta tras
ella con el corazón acelerado.

Había estado a punto de entregarse a Luc Barbier y de darle algo que no le había entregado a nadie. Su inocencia. Había estado a punto de dejar que un hombre que la despreciaba conociera su punto más vulnerable.

Por suerte, había reaccionado a tiempo. Se estremeció al pensar la cara que pondría Luc si hubiera descubierto su virginidad. Casi podía imaginarse su expresión burlona y el desprecio con que la despacharía.

Entonces, recordó sus palabras... «A menos que quieras admitir que ambos nos deseamos, sin compromiso ninguno». Se estremeció de nuevo. Pero, en esa ocasión, no fue debido a la rabia o a la humillación. Muy a su pesar, no podía evitar sentirse excitada solo de pensarlo.

Luc se duchó con agua fría, aunque ni así consiguió calmar el fuego que ardía en su interior. No podía creer lo cerca que había estado de desnudar a Nessa O' Sullivan y tomarla, embriagado por el deseo.

Había sido ella quien se había apartado. Y eso lo hacía sentir vulnerable.

No podía confiar en ella. Sin embargo, había estado a punto de hacerle el amor, complicando una situación que ya era bastante difícil. Se estremeció, pensando cómo podía haber aprovechado ella su ventaja si hubieran dormido juntos. No había conocido a ninguna mujer que no hubiera tratado de sacar beneficio de su relación íntima con él. Y no tenía duda de que Nessa tenía intenciones ocultas, por mucho que ella lo negara.

Mirando su reflejo en el espejo, hizo una mueca. Si ella creía que podía despertar su apetito de esa manera y, luego, salir corriendo como un gato en un tejado de zinc caliente, estaba muy equivocada. No dejaría que lo sorprendiera otra vez con la guardia baja.

Anudándose una toalla alrededor de la cintura, salió del baño y tomó el móvil. Llamó al jefe de seguridad que había contratado para encontrar a Paddy O'Sullivan y le dio instrucciones de incrementar sus esfuerzos.

Cuanto antes encontraran a Paddy y su dinero, antes podría librarse de la inquietante Nessa O'Sullivan.

Dos noches después, Nessa llevaba una bandeja repleta de copas de champán, en la fiesta de Luc. Llevaba una blusa blanca con una falda negra, el uniforme de las camareras. Y el pelo recogido en un moño apretado.

Era una fiesta magnífica, pensó ella, a pesar de que le dolían los brazos de tanto llevar bandejas. Las velas bañaban el ambiente en un tono dorado y acogedor.

Sonrió aliviada cuando unos invitados se pararon a tomar copas de la bandeja, haciendo que pesara menos. Luego, torció la vista hacia donde un hombre destacaba entre la multitud, alto y moreno.

Su objetivo era evitar encontrarse cara a cara con Luc Barbier a toda costa. La enormidad de lo que había estado a punto de suceder hacía que su cuerpo se estremeciera cada vez que lo recordaba.

Pero, por mucho que tratara de evitarlo, no podía dejar de buscarlo con la mirada. Igual que la mayoría de las mujeres en el salón, se dijo con una extraña sensación de celos. Vestido con un esmoquin, Luc era el epítome de la belleza masculina, envuelto en un aura de autoridad y misterio.

De pronto, dos mujeres se pararon junto a Nessa y pudo oír fragmentos de su conversación.

–Dicen que es un animal en la cama...

–Lo encontraron en las calles...

–Un robo menor...

–Solo ha llegado adonde está porque se acostó con la mujer de Leo Fouret y el marido le pagó para comprar su silencio...

Nessa se quedó paralizada, fría. Era la primera vez que escuchaba ese rumor sobre él. Aunque se sabía que Luc Barbier había abandonado los establos de Leo Fouret en circunstancias poco amistosas, antes de abrirse su propio camino.

Las mujeres se alejaron y más invitados se acercaron a tomar copas de la bandeja. Justo cuando ella se iba a la cocina a reponer su cargamento, lanzó otra mirada a su jefe, donde él estaba hablando con alguien.

Reprendiéndose a sí misma por haber prestado oídos a las habladurías, Nessa se dijo que lo que las mujeres habían dicho no era asunto suyo. Y que era patético sentir lástima por él, porque estuviera rodeado de tanta gente cotilla y malintencionada.

Por otra parte, cuando el río sonaba, agua llevaba, como su padre siempre había solido repetir. Y, por lo que ella conocía a Luc, casi podía comprender a una mujer casada por haber caído bajo su hechizo.

–¿Qué diablos está haciendo Nessa O'Sullivan sirviendo bebidas en tu fiesta, Barbier?

Luc tardó unos segundos en digerir lo que el hombre a su lado le había dicho.

–¿La conoces?

–Claro. No olvides que Irlanda es un lugar pequeño. Su padre es Paddy O'Sullivan, uno de los mejores entrenadores del país, en su tiempo. Antes de que se sumergiera en el alcohol y estuviera a punto de perderlo todo. Ahora, por supuesto, se ha recuperado, aunque no creo que nunca pueda reparar el daño que sufrió su reputación. El marido de su hija ha sido su salvación.

Luc solía odiar los cotilleos pero, en esa ocasión, quiso saber más.

–¿De qué estás hablando?

Percy Mortimer, un conocido aficionado a las carreras de caballos, se giró hacia él.

–Nessa O'Sullivan es cuñada de un príncipe. Resulta que su hermana, que también es una talentosa entrenadora, está casada con el jeque Nadim Al-Saqr de Markazad. Y Nessa no monta mal. Yo la vi hace unos años en un par de carreras, pero parece que todavía no ha conseguido abrirse paso en este mundillo.

¿Cómo era posible?, se dijo Luc. El millonario jeque Nadim era un serio competidor en su negocio. Y él no tenía ni idea de que poseía un criadero en su misma región. El de la familia de Nessa O'Sullivan.

Percy seguía hablando, pero Luc ya no lo escuchaba. Tenía los ojos clavados en la multitud, buscando a una pelirroja. La había visto antes, vestida con una falda negra y blusa blanca.

Maldición, ¿dónde estaba?

Luc intentó ir a buscarla, pero se detuvo al ver que Pascal se acercaba hacia él con cara de pocos amigos.

Nessa iba a tener que esperar, por el momento.

Pero, cuando la encontrara, no habría más jueguecitos. Solo respuestas a sus preguntas. ¿Por qué estaba trabajando gratis para él para probar la inocencia de su hermano, cuando podía haberle pedido ayuda a su cuñado multimillonario?

A Nessa le dolían los pies y los brazos. La fiesta había terminado y su jornada de trabajo también. Pero, en vez de irse a la cama, algo la había impulsado a ir a los establos. Como si así pudiera recuperar su energía y recordar quién era.

Se había pasado toda la noche buscando a Luc con la mirada.

En un momento dado, sus ojos se habían entrelazado y había sentido como si él hubiera querido decirle algo. Por su gesto sombrío, ella había adivinado que no había sido algo especialmente bonito. Durante el resto de la velada, aunque había hecho todo lo posible para evitar toparse con él, no había dejado de sentir su oscura mirada.

Al llegar a los establos, vio que estaban vacíos. Entonces, recordó que habían trasladado a los caballos a otro sitio durante unos días, mientras los establos se reparaban y se pintaban.

Había una escalera abierta y varios botes de pintura esparcidos por el suelo. Bueno, se iría a dormir, entonces, se dijo ella. Era mejor así. No quería que nadie la sorprendiera en el lugar inadecuado...

Cuando vio una imponente figura en la entrada, enmarcada bajo la luz de la luna, su corazón se paró en seco. Era demasiado tarde. Luc.

Podía ver que él llevaba la pajarita desabrochada y

el botón superior de la camisa abierto, con las manos en los bolsillos. Con expresión oscura, entró hasta colocarse frente a ella.

—Sé que no debería estar aquí... —balbuceó Nessa, tragando saliva.

—Eso no importa. Necesitamos hablar.

—¿De qué? —preguntó ella, sorprendida.

Luc se cruzó de brazos.

—De por qué has olvidado mencionar que tu hermana está casada con el jeque Nadim Al-Saqr de Merkazad, propietario de tu granja familiar. Imagino que un millón de euros no es nada para tu cuñado. ¿Por qué diablos pone tu hermano en peligro su carrera, por un dinero que podía haberle pedido a él? ¿Y por qué tú no has llamado al jeque para que solucionara la situación sin más?

Nessa se quedó paralizada, comprendiendo que alguien debía de haberla reconocido en la fiesta.

—No creí que eso fuera relevante.

—Inténtalo de nuevo —dijo él con tono helador.

Nessa tragó saliva. Sabía que no podía escapar de aquella conversación sin darle una explicación.

—Nadim compró nuestra granja, pero luego la puso a nuestro nombre como regalo de boda para Iseult, mi hermana. Es nuestra de nuevo. Él solo es uno de los socios. Y no quiero involucrarlo en esto porque nada de lo que ha pasado tiene que ver con él ni con mi hermana. Iseult va a tener un bebé dentro de un par de semanas y no quiero que se preocupe por nada.

Luc dio un paso hacia ella. Nessa no pudo retroceder, pues tenía la pared a sus espaldas.

—Hay algo más, seguro —afirmó él—. El que tu hermano y tú no hayáis pedido ayuda al jeque demuestra que las cosas se os han ido de las manos. Adivino que Nadim no aprobaría el robo y vosotros no queréis hacer enojar a la mano que os alimenta.

–No –negó ella con fiereza–. Eso no es verdad. ¿Cómo puedes ser tan cínico y tan desconfiado?

–Porque nací así y nada de lo que he vivido me ha enseñado a ser de otra manera.

Nessa no pudo evitar sentir una mezcla de lástima y curiosidad. Pero la bloqueó en su interior. Luc Barbier era el último hombre del mundo que necesitaba su compasión.

–Podrías haberte ido de aquí libremente si le hubieras pedido ayuda a Nadim –dijo él. Aunque, de inmediato, se encogió por dentro ante la idea de dejarla marchar.

Nessa meneó la cabeza.

–No. No voy a hacer eso porque no quiero causarle problemas a mi familia. Le prometí a Paddy que no acudiría a Nadim ni a Iseult.

Luc se sintió intrigado por su aparente lealtad.

–Dame una buena razón por la que no debería contárselo a Nadim yo mismo.

Ella se puso lívida de pánico.

–¡Creí que tú tampoco querías que nada de esto se supiera!

–Y no quiero. Pero creo que el jeque valorará la necesidad de discreción para proteger, también, a su propia familia. Dar el asunto a conocer perjudicaría su reputación, no solo la mía.

Nessa se cruzó de brazos.

–No tienes derecho a implicarlos a ellos.

Luc ansiaba saber el porqué de tanta insistencia.

–Dame una razón, Nessa.

Ella lo miró como si la estuviera torturando, antes de responder.

–Cuando nuestra madre murió, Iseult solo tenía doce años. Yo tenía ocho. Nuestro padre no pudo soportar el dolor y desarrolló un problema con la bebida. Iseult se ocupó de la granja, de los caballos y de todos nosotros.

Nessa apartó la mirada un momento, pálida. Luc se quedó sin palabras, algo desacostumbrado en él.

–Si no hubiera sido por Iseult, que nos protegía de los peores excesos de mi padre, nunca habríamos podido terminar nuestros estudios. Ella cargó con demasiado peso para su edad... Luego, apareció Nadim y compró la granja. Y ella se sintió como si nos hubiera fallado a todos. Pero los dos se enamoraron y se casaron. Por primera vez en su vida, mi hermana se siente a salvo y es feliz.

–Casada con un millonario. Muy conveniente –comentó él con cinismo, sin pararse a pensarlo.

Nessa apretó los puños.

–Iseult es la persona menos materialista que conozco. Se aman el uno al otro.

–Continúa –la urgió él, impresionado por su vehemencia.

–Mi hermana es feliz por primera vez. La única responsabilidad que tiene ahora es hacia su propia familia. Tuvo muchos problemas para quedarse embarazada, así que ha sido una gestación difícil. Si supiera lo que ha pasado, se preocuparía mucho y Nadim haría cualquier cosa para ayudarla. Sería capaz, incluso, de volar hasta aquí. Y ella lo necesita a su lado –explicó ella y, tras un momento, añadió–: Si hablas con Nadim, le diré a la prensa lo del dinero.

Quizá ellos le concedan a Paddy el beneficio de la duda, no como tú.

Luc la observó un momento en silencio. Tenía que admitir que su celo por proteger a su familia era muy convincente.

Cuando ella le había hablado de su hermana y de lo feliz que era con su familia, había sentido algo parecido a la envidia. Se había acordado de una ocasión en que, cuando había sido un chiquillo en las calles, viviendo de lo que podía robar, le había llamado la atención una familia en un parque. Los niños habían parecido tan felices... Había sido la primera vez en su vida que había sentido celos. Y el deseo de probar qué se sentiría al tener una familia que lo amara.

Igual que había hecho entonces, Luc bloqueó esos sentimientos dentro de él.

Había algo más poderoso que lo invadía. El innegable deseo carnal que Nessa le provocaba.

De pronto, perdió importancia todo a su alrededor. Una única pregunta latía en su pecho y necesitaba conocer la respuesta. Ansiaba saber cómo sería sumergirse en el interior de Nessa y poseerla.

Sin dudarlo, se acercó y la rodeó con sus brazos. Ella abrió mucho los ojos, sonrojándose.

–¿Qué estás haciendo?

Luc tenía la mirada clavada en su boca.

–¿De verdad quieres que crea que eres una joven inocente que haría cualquier cosa por su familia? ¿Y que lo de la otra noche fue pura casualidad?

Durante un tenso instante, Luc contuvo el aliento, porque se dio cuenta de que, dentro de él, el niño abandonado que había sido soñaba con algo lejos de su alcance. Esperó que Nessa levantara hacia él sus

ojos color avellana y le respondiera que sí, que no era
más que una joven inocente.

Pero ella se limitó a callar y se zafó de su abrazo.

—No espero que me creas, Luc Barbier. Si prefieres
ver el mundo con cinismo y desconfianza, es tu elección.
En cuanto a la otra noche, fue una locura y un error. No
tendrás que preocuparte, porque no volverá a suceder.

Nessa estaba a punto de pasar de largo delante de
él, cuando Luc la tomó de la mano, en esa ocasión,
con suavidad. No podía dejar que se fuera otra vez.
Necesitaba demostrar que ella no llevaba siempre las
riendas de sus encuentros.

—Me deseas —le espetó él.

Ella se mordió el labio, bajando la vista. Negó con
la cabeza.

—Dilo, Nessa.

Entonces, ella lo miró con los ojos muy abiertos.

—Puede que desee, pero no quiero desearte —dijo
ella al fin con un gesto de desafío en la cara. Al momento, bajó la vista de nuevo, como si así pudiera
evadir la situación.

—Mírame, Nessa.

Durante un largo segundo, ella se hizo esperar.
Hasta que clavó en él sus ojos brillantes, incendián-
dolo. Él la tomó entre sus brazos de nuevo.

—No, Luc. No quiero...

Pero él la hizo callar con su boca, echando mano
de toda su experiencia para hacer que se rindiera a sus
encantos. Al menos, estaba seguro de que lo que com-
partían en ese momento era verdadero.

Capítulo 5

NESSA quiso resistirse a Luc. Odiaba que él pensara que lo de la noche anterior había sido planeado. Y que no creyera lo que le había contado de su familia.

Pero era difícil pensar en todo eso, cuando la besaba de esa manera y la poseía con la calidez de su lengua. Le acariciaba la espalda y los glúteos con sus grandes manos, apretándola contra su cuerpo, contra su innegable erección. Estaba excitado por ella. No por una de las bellas mujeres de la fiesta, sino por ella. Nessa O'Sullivan.

Entonces, cuando sus labios se separaron, Nessa se dio cuenta de que lo había estado abrazando también. Él la soltó el pelo, haciendo que le cayera sobre los hombros. Cuando la contempló un momento, como si estuviera embelesado, ella se derritió.

Con suavidad, le tiró del pelo para que levantara la cara y la besó otra vez, convirtiendo sus entrañas en un volcán en erupción. Nessa supo, entonces, que no podía irse a ninguna parte. Allí mismo era el único lugar donde quería estar.

Luc le levantó la falda, dejando al descubierto su piel caliente. Cuando la agarró de las nalgas, un húmedo calor le ardió entre las piernas.

Ella apartó la boca, jadeante, y lo miró con el corazón acelerado. No podía apartar los ojos de él.

−¿Qué es lo que quieres, Nessa? −preguntó él, tocándole el borde de las braguitas con la punta de los dedos−. ¿Quieres que pare?

¡No!, quiso gritar ella. No entendía por qué pero, en ese momento, tenía la total seguridad de que confiaba en él. Por alguna extraña razón, tenía la certeza de que ese hombre no la engañaría ni la embaucaría con fútiles promesas.

−¿Nessa? −repitió él con tono de preocupación.

Ella sabía que la soltaría si se lo pidiera, aun muy a pesar de su orgullo. Sin embargo, no iba a hacerlo. Deseaba a ese hombre con cada célula de su cuerpo. Nunca había deseado tanto a nadie.

−No pares −rogó ella en un susurro y lo besó.

Luc no titubeó. La apretó contra su cuerpo y la llevó hacia donde los pintores habían dejado preparadas un montón de sábanas blancas limpias, listas para usar en su tarea del día siguiente.

Nessa se dejó llevar, hasta que se sentó sobre las sábanas con las piernas abiertas y la falda encima de los muslos. Luc contempló su rostro ruborizado, su pelo rojizo revuelto sobre la cara. Era, probablemente, uno de los escenarios menos románticos para hacer el amor, pero ella era el ser más erótico que había visto en su vida. Todo lo demás desapareció a su alrededor y, aunque la voz de la prudencia trató de recordarle que aquello no era apropiado, se quitó las ropas sin hacerse esperar, con la única e intensa intención de unir sus cuerpos cuanto antes.

Nessa lo miraba con ojos muy abiertos. Vio cómo se quitaba la chaqueta y la tiraba al suelo. Luego, la pajarita. Embelesada, contempló su musculoso pecho cuando se quitaba la camisa y casi se quedó sin respiración.

Luc se inclinó sobre ella y la rodeó con sus brazos, fundiendo sus labios de nuevo en un largo y profundo beso que solo logró que Nessa deseara mucho más.

Ella arqueó la espalda en una súplica silenciosa, mientras él le desabotonaba la blusa. Le quitó también el sujetador de encaje, dejando al desnudo sus apetitosos pechos.

—*Si belle...* —murmuró él, contemplando sus pechos, antes de inclinar la cabeza para meterse uno de sus rosados pezones en la boca.

Nessa creyó perder la consciencia de tanto placer y, sin darse cuenta, comenzó a gemir y a gritar.

A continuación, Luc le levantó la falda hasta la cintura y comenzó a acariciarle donde estaban las braguitas, mientras admiraba la expresión de su cara. Enseguida, se las bajó por la piernas.

Ella contuvo la respiración, pensando que nunca se había sentido tan expuesta en toda su vida. Aun así, no tenía miedo. Estaba feliz.

Él le recorrió el cuerpo con la mirada y posó la mano entre sus piernas. Con suavidad, comenzó a frotar y acariciar. Con un dedo, trazaba círculos, mientras con otro exploraba sus pliegues secretos. Ella arqueó la espalda y cerró los ojos. Estaba abrumada por tantas y tan deliciosas sensaciones. Despacio, él introdujo un dedo en su húmedo interior. Luego, otro.

Nessa levantó la cabeza.

—No puedo...

—¿Qué no puedes, *chérie*?

–No puedo aguantar... lo que me haces... es demasiado...

Él esbozó una diabólica sonrisa.

–Esto no es más que el principio. Ven a volar conmigo, *minou*. Vamos...

Sin entender lo que le pedía, cuando él le introdujo un dedo hasta el fondo, Nessa gritó cayendo de cabeza al éxtasis.

Si Luc había pretendido dejar claro su dominio, acababa de hacerlo. Con sorprendente facilidad.

Tardó largos segundos en recuperar el sentido. Se sentía deshecha y, al mismo tiempo, maravillosamente saciada. Sin embargo, instintivamente, sabía que algo más grande estaba todavía por llegar.

–¿Qué tal?

Cuando abrió los ojos, Nessa vio a Luc mirándola. Más que orgulloso o triunfante, él parecía... fascinado.

Ella asintió. No sabía cómo se encontraba, pero estaba mejor que bien.

Luc le acarició un pecho, entonces, jugueteando con el pulgar en su pezón. De inmediato, el cuerpo de ella comenzó a vibrar, de nuevo preparado para otro orgasmo.

Con timidez, alargó la mano para tocar el torso de su amante.

–No tienes por qué fingir, *minou*.

–¿De qué estás hablando? –preguntó ella, apartando la mano al momento.

–No tienes por qué actuar como si fueras una pobre inocente. Ya te he dicho que no necesito esos juegos. Te deseo más de lo que he deseado a nadie jamás.

Pero Nessa no estaba fingiendo. ¡Era virgen! Pero

no dijo nada. De alguna manera, adivinó que si le confesaba su virginidad, aquel delicioso encuentro terminaría. Y no estaba preparada para separarse de él todavía.

Por eso, hizo lo más egoísta que había hecho en su vida y se calló. Lo tocó de nuevo, le besó los pezones y se sintió poderosa cuando lo oyó gemir bajo su boca.

Era increíblemente afrodisiaco pensar que tenía alguna clase de poder sobre Luc Barbier.

Despacio, exploró más abajo, recorriéndole los abdominales con los dedos. Después, llegó al cinturón y se lo desabrochó. A continuación, el botón y, cuando llegó a la cremallera, comenzó a temblarle la mano, mientras observaba el poderoso bulto de su erección.

Luc murmuró algo en francés. Se puso en pie y se quitó los pantalones y los calzoncillos. Sobrecogida por su virilidad imponente, Nessa se quedó mirándolo, sin palabras.

—Tócame.

Ella se sentó y alargó la mano para rodear su erección con los dedos. Había una gota en la punta y, actuando puramente por instinto, se acercó y la tocó con la lengua. Al percibir su sabor salado, se le hizo la boca agua. Pero, cuando iba a empezar a succionar, él la detuvo.

—Para... o no duraré.

Luc tenía la cabeza tan desbordada de deseo que no podía pensar con claridad. No podía esperar para poseer a Nessa. Necesitaba estar dentro de su cuerpo, no solo de su boca.

Se colocó sobre ella y, durante un segundo, cuando vio que ella lo miraba con una expresión que nunca había visto en una mujer, estuvo a punto de parar. Era una locura. Iban demasiado rápido. Necesitaba recuperar el control...

Pero, entonces, ella lo sujetó de las caderas, como si quisiera guiarlo a su interior, y Luc se dejó llevar de nuevo.

Sumida en una desbordante sensación de urgencia, Nessa solo quería tenerlo más cerca. Cuando notó la punta de su erección entre las piernas, instintivamente levantó las caderas hacia él.

Nada podía haberla preparado para aquella penetración. Se sintió empalada. Luc era demasiado grande. Cuando él la miró un instante, con el ceño fruncido, ella contuvo la respiración. ¿Se habría dado cuenta? Pero, enseguida, siguió hundiéndose en ella.

Cuando empezó a moverse, entrando y saliendo, la sensación de incomodidad comenzó a desaparecer, sustituida por algo mucho más abrumador. Ella se agarró a los hombros de él, como si necesitara algo a lo que sujetarse, mientras la tensión sexual crecía hacia el clímax.

Nunca había experimentado nada igual. Estaba totalmente hipnotizada por aquel hombre y por lo que le estaba haciendo sentir.

Lo rodeó con ambas piernas de las caderas, apretando los tobillos en los glúteos de él, ansiando tenerlo más dentro. Estaban ambos empapados en sudor, jadeantes, juntos en su camino al éxtasis.

Luc empezó a moverse más deprisa. Nessa se aferró más a él, preparándose para la tormenta que se acercaba. Y, cuando él inclinó la cabeza y le succionó un pezón, ella cayó de lleno en el ojo del huracán. Gritó y gritó, meciéndose en un orgasmo que no terminaba nunca.

Luc se puso tenso y derramó su cálida semilla, mientras Nessa seguía perdida en su propio mar de placer.

Entonces, por un momento, a Nessa se le ocurrió que quería que ese hombre fuera suyo para siempre. Pero, al instante, descartó aquella loca idea. Luc Barbier jamás pertenecería a nadie, se dijo.

Ella soltó su abrazo. Y él se apartó. Sin mirarla, se puso en pie.

Avergonzada, Nessa se dio cuenta de su aspecto, desnuda y desarreglada en un establo. Empezó a colocarse la blusa y la falda. No tenía ni idea de cómo comportarse en una situación que era nueva para ella por completo.

Luc estaba allí parado, como una estatua. Cuando ella se incorporó, algo llamó su atención. Una larga y marcada cicatriz en la espalda de su amante. Recordó haberla sentido bajo los dedos mientras lo había acariciado.

—¿Qué tienes en la espalda?

Al final, Luc la miró con gesto inexpresivo.

—¿Mi cicatriz?

Ella asintió, horrorizada de imaginar qué la podía haber causado.

—Es un recordatorio de hace mucho tiempo, para que no olvide quién soy ni de dónde vengo.

A Nessa no le gustó el tono de advertencia de su voz.

—Eso suena serio.

—Mi cicatriz no es seria. Sí lo es que no hayamos usado protección.

Nessa se llenó de pánico, entonces, y recordó haber sentido su cálida eyaculación. ¿Cómo podía haber dejado que eso pasara?

Entonces, trató de poner en orden sus pensamientos y soltó un suspiro de alivio, mezclado con algo muy desconcertante, decepción. Después de haber perdido a su madre, ella había decidido no tener nunca hijos, por miedo a morir y dejarlos solos y destrozados por el dolor. La maternidad no había estado en sus planes en absoluto.

En el instituto, había tomado la píldora, pero la había dejado porque había considerado que no había sido necesario.

—Estoy en un momento poco fértil del ciclo —le informó a Luc.

Él emitió un amargo sonido burlón.

—¿Se supone que tengo que creerte?

Furiosa ante su tono acusatorio, Nessa se levantó, con el pelo suelto y salvaje. Trató de reunir toda la dignidad que las circunstancias le permitían, antes de hablar.

—Bueno, tendrás que conformarte con mi palabra. Además, esto ha sido cosa de dos. ¿Por qué no has pensado *tú* en usar protección?

Luc no lo había hecho porque, por primera vez en mucho tiempo, había actuado como esclavo de sus instintos primarios y la protección había sido lo último que había tenido en mente.

Al darse cuenta, se llenó de pánico. ¿Cómo podía haber olvidado una de sus reglas más importantes? Él se había jurado no tener nunca hijos, pues no deseaba una familia. Para colmo, lo había olvidado justo con esa mujer, una presunta ladrona y mentirosa. Lo más fácil era que quisiera usarlo en su propio beneficio. Era como si le hubiera entregado una pistola cargada.

Sin embargo, al contemplarla, desarreglada y ruborizada, solo pudo pensar en tomarla de nuevo. Tomó sus pantalones del suelo, furioso consigo mismo, y se los puso.

El cúmulo de sentimientos que se arremolinaban en su interior estaba demasiado enmarañado como para descifrarlo en ese momento. Lo único que Luc sabía seguro era que nunca había experimentado nada parecido con ninguna otra mujer. No solo había sido sexo excelente. Había habido algo más. Algo que le había calado hondo.

Todavía más enfadado, se dijo que acababa de hacer lo que había prohibido expresamente hacer a sus empleados. Encima, sin usar protección.

Nessa lo estaba observando. Estaba pálida. Luc sabía que no estaba actuando bien. Había sido su responsabilidad protegerlos a ambos, no la de ella. Se pasó una mano por el pelo.

—Mira, lo siento. Es solo que… No me olvido nunca de algo tan fundamental como usar protección.

Pero ella seguía pálida y desencajada.

—¿Qué te pasa? —preguntó él. ¿La habría lastimado? La verdad era que no se había parado a pensar en tener cuidado o ser suave con ella.

Nessa apartó la vista un momento, sintiéndose demasiado vulnerable. Más aun, después de la disculpa de Luc. No había esperado abrazos y mimos después de haber tenido sexo con ese hombre. Pero tampoco había esperado verlo tan disgustado consigo mismo.

Ni siquiera se había dado cuenta de que ella había sido virgen.

Forzándose a mirarlo, se dijo que todo parecía un sueño. Él estaba vestido, aunque sin la chaqueta. Ella se sentía en desventaja, herida y sola. Pero su amor propio la obligó a defenderse.

—No sé qué es lo que hay entre nosotros, pero no estoy orgullosa de mí misma por lo que ha pasado.

Por un breve instante, a Nessa le pareció percibir que Luc se había sentido ofendido.

—Puede que tengas parientes de la realeza, pero si estuvieras sentada en una gala real ahora mismo, vestida de alta costura de la cabeza a los pies, me seguirías deseando. El deseo nos convierte a todos en iguales. Igual que el crimen —dijo él.

Ella tardó un segundo en comprender lo que había dicho. No podía creerse que la hubiera malinterpretado hasta tal punto. Entonces, lo detuvo, sujetándolo de la mano, justo cuando él se había dado la vuelta para irse.

—Espera.

Luc se volvió.

—No quería decir que no estoy orgullosa de lo que ha pasado porque seas tú. Me refería a que me siento como si estuviera traicionando a mi familia.

—Es solo sexo, Nessa —repuso él, sonriendo—. No le des tantas vueltas.

Ella se sintió como una tonta al instante. Lo soltó y dio un paso atrás.

—Olvídalo.

En ese momento, fue él quien la detuvo, sujetándola del brazo cuando ella iba a irse.

—¿Qué es eso?

Ella miró a su alrededor. Al principio, no vio lo que él estaba señalando, a sus espaldas. Pero, de pronto, reparó en la inequívoca mancha de sangre en las sábanas blancas. Su sangre. Su inocencia perdida.

Nessa se quedó helada. Al instante, se puso roja de vergüenza.

—No es nada.

Luc se acercó para verlo mejor. Mientras, ella rezó porque se abriera la tierra y la tragara.

Cuando él volvió a su lado, la expresión de su cara no podía ocultar una confusa mezcla de emociones.

Luc no podía creer lo que acababa de averiguar. Al mismo tiempo, no podía dejar de recordar todas las veces que la había acusado de fingir ser inocente y de cómo ella había salido corriendo de su cuarto la otra noche.

Pero lo que más le impactó fue recordar el momento en que había sentido el cuerpo terso de ella a su alrededor. Entonces, la duda había asomado a su cabeza y había estado a punto de preguntarle si había sido virgen. Pero su ansia por saciar su deseo había sido demasiado fuerte y había bloqueado ese pensamiento de su mente.

Nessa había sido virgen.

Inevitablemente, Luc experimentó una satisfacción animal al pensar que él había sido el primero. Era algo que nunca habría imaginado.

—¿Por qué no me lo dijiste?

Ella abrió la boca y la cerró de nuevo. Luc clavó los ojos en sus carnosos labios.

—¿Y bien?

Cuando ella se encogió, manteniendo el silencio, él maldijo para sus adentros ante su propia falta de tacto.

—No creí que fuera relevante. Ni pensé que te darías cuenta —replicó ella, levantando la barbilla con gesto desafiante.

–No me acuesto con vírgenes.

Ella se cruzó de brazos.

–Pues acabas de hacerlo.

–Si lo hubiera sabido... no habría sido tan brusco –murmuró él, sintiéndose cada vez más culpable.

Nessa se sonrojó y apartó la mirada.

–No has sido demasiado brusco. Ha estado bien.

–¿Bien?

–Bueno, no lo sé, ¿entiendes? Ha sido mi primera vez.

Al instante, Luc se acercó a ella y posó las manos en sus brazos con suavidad, como si fuera un ser inmensamente delicado y precioso.

–Ha estado más que bien. Sentí la respuesta de tu cuerpo y no todo el mundo sabe hacer eso la primera vez.

Ella se sonrojó, sin dejar de mirarlo.

–Tendré que confiar en tu palabra.

Luc dudó entre reírse de su candidez o tumbarla en las sábanas de nuevo para recordarle lo increíble que era el sexo entre los dos. Pero ella debía de estar dolorida. Y él no sabía cómo digerir la mezcla de emociones que lo invadía. No estaba acostumbrado a tener esa conversación con una mujer después de haberse acostado con ella.

Sin embargo, temía que, cuanto más tiempo estuvieran allí, solos, más probable era que volvieran a hacer el amor. Sobre todo, cuando ella lo miraba con sus enormes ojos verde y ámbar, la cara sonrojada y el pelo suelto y revuelto.

Con un gesto de ternura que era inusual en él, comenzó a abrocharle los botones de la blusa, apretando la mandíbula cuando notó la curva de sus pechos bajo el tejido de algodón.

–Tienes que irte. Date un baño. Estarás dolorida.

Ella tragó saliva y titubeó. Estaba increíblemente sexy.

–Vete, Nessa.

–Debería llevarme... –balbuceó ella, señalando la sábana.

–Yo me ocuparé de eso.

Al fin, Nessa se fue. Luc la observó alejarse con paso tembloroso. Aunque sabía que era una mujer mucho más fuerte de lo que parecía.

Era difícil sacar una lección de lo que había pasado. Pero una cosa era segura. Nessa O'Sullivan había logrado llegar a una parte de sus emociones que nadie había tocado en mucho tiempo. Si la dejaba ganar más territorio, sería un tonto, pensó. Lo que acababa de pasar... no podía repetirse. No importaba lo mucho que la deseara.

Nessa se quedó en la bañera hasta que el agua se enfrió. Sentía un poco de dolor entre las piernas, pero también el burbujeante recuerdo del placer.

No podía creerse lo que acababa de pasar.

Recordó lo fácil que le había resultado rendirse a Luc Barbier y entregarle su inocencia. No tenía la fuerza necesaria para resistirse a él, reconoció para sus adentros. Menos aun después de haber estado con él. Sería como negar que el paraíso existiera, después de haberlo probado.

Por otra parte, la forma en que Luc le había dicho que fuera a darse un baño y la manera en que le había abrochado la blusa le hacían sentir patéticamente cuidada.

Solo de pensar que él lamentaba lo que había pasado, deseaba que la tierra la tragara.

Era un hombre acostumbrado a acostarse con las mujeres más experimentadas, sofisticadas y hermosas del mundo. No con tontas ingenuas como ella.

Tratado de respirar hondo, se dijo que todo estaba bajo control. Luc le había causado un gran impacto en el nivel físico, pero sus emociones estaban a salvo, se repitió a sí misma, para tranquilizarse.

Aunque ella sabía que eso era mentira. Haber visto a aquel hombre imponente en su faceta más íntima y, luego, haber sido la destinataria de su ternura la conmovía más de lo que le gustaría admitir.

Sin embargo, desarrollar cualquier tipo de apego hacia Luc Barbier solo le traería dolor y sufrimiento. De eso, estaba segura.

Una cosa estaba clara. Ese momento de locura no podía repetirse. Aunque lo más probable era que Luc tampoco lo deseara. Su arrepentimiento había sido palpable. Por ella, estaba bien así. Por mucho que su cuerpo recién despertado a la sexualidad pensara otra cosa.

Capítulo 6

LUC observó a la figura montada a caballo y no pudo creer lo que veía. El niño, pues tenía que ser un niño, era demasiado menudo para ser un hombre, montaba uno de sus pura sangre como si hubiera estado haciéndolo toda la vida.

Jockey y caballo formaban una unidad, cortando el viento como una bala. Él nunca había visto al animal correr tan bien. Ese jockey parecía justo lo que había necesitado para sacar el máximo partido de su pura sangre.

—¿Quién es ese jockey? ¿Y dónde ha estado hasta ahora? ¿Podemos quedárnoslo? —preguntó Luc al encargado de los entrenamientos. Él sabía muy bien que era raro encontrar a gente con tanto talento.

Pete acababa de acercarse a él hacía unos minutos. Se había limitado a decirle, con tono enigmático, «tienes que ver esto».

—Es una mujer —informó Pete, sonriendo.

—¿Cómo dices? —replicó Luc, sintiendo un cosquilleo en la piel.

Entonces, jockey y caballo pasaron como un rayo delante de él y pudo ver un atisbo de pelo rojizo bajo el casco de montar. Y una delicada mandíbula. Recordó que Percy Mortimer le había dicho que Nessa era buena amazona.

—Es Nessa O'Sullivan —le comunicó Pete.

Durante los dos últimos días, Luc había bloqueado cualquier pensamiento o recuerdo sobre lo que había pasado en los establos. Por la noche, sin embargo, cuando estaba dormido, no podía controlar su mente y sus sueños estaban llenos de eróticas imágenes de esa noche. Se levantaba cada mañana con una poderosa erección y el cuerpo cargado de electricidad.

No había experimentado algo así desde la adolescencia.

Estar a merced de sus hormonas y sus instintos más primarios le resultaba humillante.

—¿Y bien? —preguntó Pete, sacándolo de sus pensamientos.

—¿Qué diablos está haciendo ella montada en mi caballo?

La sonrisa de Pete se desvaneció. Levantó las manos en gesto de súplica.

—Conozco a Nessa desde hace años, Luc. Conozco a toda la familia. Llevan montando caballos desde que aprendieron a andar. Su hermana y su padre son excelentes entrenadores. He visto a Nessa en alguna carrera, aunque no ha hecho muchas, y es algo que lleva en la sangre. Hoy nos faltaba un jinete, así que le pedí a la señora Owens que me la prestara. No sé qué hace trabajando como criada en tu casa, Luc, pero es una pena. Debería estar aquí, con los caballos. Y ella está esperando una oportunidad de demostrar su talento.

Si hubiera sido cualquier otra persona en vez de su entrenador de más confianza, Luc habría despedido a Pete en el acto.

Posó la vista donde los jinetes estaban desmontando y llevando a los caballos a los establos. De inmediato, la vio entre los demás y no pudo recordar cómo se había sentido al entrar dentro de su cuerpo. Ella había sido virgen. Y no habían usado protección. Pero lo peor era que la seguía deseando con toda su alma.

—Luc, creo que deberías utilizarla en la próxima carrera —señaló Pete, ajeno a sus pensamientos—. Dale una oportunidad.

—Ya has hecho bastante por ahora —repuso Luc, nervioso y frustrado—. No me importa el talento que tenga. Ella no debería haber aceptado montar.

Nessa estaba todavía cargada de adrenalina después de haber montado. Había estado charlando con los otros jinetes, algunos de los cuales conocía de antes. Tenían curiosidad por saber qué hacía ella allí, pero no les había dado más que alguna vaga explicación.

Minutos después, en el vestuario, justo cuando acababa de quitarse la camiseta, la puerta se abrió de golpe. Ella se tapó el pecho de inmediato, sobresaltada.

Pero no era Pete ni otro de los jinetes que se hubiera equivocado de puerta. Era Luc Barbier y tenía una mirada asesina en el rostro. Cerró la puerta tras él.

Parado delante de ella, con vaqueros y un polo negro, parecía inmenso. Y demasiado sexy. Ella se derritió por dentro, a pesar de que las circunstancias no eran las más adecuadas. Él había estado evitándola los últimos dos días, dejando claro que pensaba que lo sucedido en los establos había sido un error.

De pronto, Nessa se sintió culpable. En el fondo, había aceptado la petición de Pete de sustituir al jinete ausente porque había sabido que a Luc no le gustaría. ¿Lo había hecho para provocar una reacción en él?

–¿Qué diablos crees que haces? –preguntó él, cargado de furia.

Ella levantó la barbilla, negándose a dejarse intimidar.

–Pete necesitaba un jinete y me pidió que si podía montar. Solo le estaba haciendo un favor.

–Sabes muy bien que no tienes permiso para acercarte a los caballos.

–Pete me conoce y me ha visto montar antes. Pero no es culpa suya –se apresuró a decir ella, temiendo que Luc pudiera despedirlo–. Sé que debería haberme negado, pero no pude resistirme. Es culpa mía.

De nuevo, a Luc le impactó lo dispuesta que estaba Nessa a cargar con la culpa de otra persona. Su hermano, Pete...

Incapaz de evitarlo, dio dos pasos más hacia ella. Nessa se apretó la camiseta contra el pecho, cubriéndose.

–Ya te he visto desnuda antes.

Sonrojada, ella se puso la camiseta por la cabeza, no sin que antes Luc pudiera ver un atisbo de sus pechos cremosos cubiertos por un sujetador deportivo.

–Lo siento. No volverá a pasar.

Él tuvo que contenerse para no alargar la mano y soltarle el pelo que llevaba recogido en un moño.

–Me temo que eso no depende de ti.

–¿Qué quieres decir?

–Hay una carrera este fin de semana. Quiero que montes el mismo caballo que hoy.

Nessa se puso pálida. Acto seguido, se sonrojó. Era impresionante ver a alguien tan expresivo, observó él para sus adentros.

–No quieres que me acerque a tus caballos. ¿Por

qué quieres que monte para ti? –inquirió ella con desconfianza.

–Porque no soy tan tonto como para dejar escapar a una jockey con tanto talento, sobre todo, cuando puede ganar una carrera para mí. Ese es mi negocio. Y tu hermano me debe un millón de euros, de los que tú te has hecho responsable. Si ganas, el dinero se descontará de la deuda.

Nessa se quedó perpleja durante un instante. Sin palabras.

–Yo... bueno... Gracias.

–A partir de ahora, trabajarás bajo las órdenes de Pete –informó él y se dio la vuelta para irse.

–Espera –llamó ella. Cuando él se volvió, tuvo que armarse de todo su valor para preguntar–: ¿Qué pasa con lo de la otra noche?

Luc se quedó callado un momento, antes de responder.

–Lo que pasó entre nosotros no se repetirá. Fue un error. Estás aquí para pagar la deuda o esperar a que tu hermano me devuelva el dinero.

Acto seguido, él salió. Nessa se sintió como si le hubiera dado un puñetazo en el estómago. Había sido una tonta por esperar que un hombre como Luc Barbier pudiera estar interesado en ella.

Sin embargo, él acababa de ofrecerle una oportunidad de oro. Sus caballos estaban entre los más prestigiosos en el negocio de las carreras. Y, por lo poco que ella había visto, él era responsable al cien por cien de su éxito. Tenía una impecable ética de trabajo, se levantaba al amanecer como sus empleados, incluso, en una ocasión, lo había visto limpiando los establos con sus hombres.

Debería estar contenta porque él no quisiera continuar con su aventura. Pretender tener una relación con un hombre así era una locura y, sobre todo, un suicidio emocional.

Pero lo más humillante era saber que, si en algún momento él la besaba, ella se rendiría a sus pies como una idiota.

—No puedo creer que haya ganado.

—Nunca dejas de sorprendernos, ¿verdad, Barbier?

—¿Una jockey femenina? ¿Quién es? ¿De dónde viene?

—Una jugada así solo podía provenir de Barbier. Nos ha dejado sorprendidos a todos.

Luc oyó los susurros indiscretos a su alrededor, pero estaba demasiado impresionado como para darles importancia. Nessa había ganado la carrera. Había sido increíble.

Ella estaba llevando el caballo a la cuadra, con una amplia sonrisa en la cara, cuando Luc se acercó y la paró un momento. Le dio una palmadita al animal en el lomo y levantó la vista hacia ella. Nessa dejó de sonreír. Él se quedó sin palabras. Nunca había tenido ningún problema a la hora de felicitar a sus ganadores, pero esa situación era diferente. Y nueva para él.

—Bien hecho —dijo Luc al fin.

Al verla titubear, hermosa como la luna, recordó cuando la había tenido entre sus brazos la otra noche y su cuerpo se endureció de deseo.

Nessa siguió su camino, se bajó del caballo y se dirigió hacia los vestuarios.

Pascal Blanc se acercó a Luc en ese momento, meneando la cabeza y sonriendo.

–Ha sido increíble. Nessa nos ha dejado boquiabiertos a todos. Todo el mundo se pregunta de dónde ha salido. Los dos estáis invitados a una fiesta esta noche, en Dublín, organizada por la industria de las carreras irlandesa. Es importante que asistas, ya lo sabes.

Luc lo sabía. Hasta el momento, ese encopetado mundo había estado vedado para él. ¿Le abrían sus puertas por primera vez solo por haber ganado una carrera con una misteriosa y bella jockey?

Sí, se dijo él. Por fin, había llegado su oportunidad de ganarse la aceptación y el respeto de sus colegas. Sin embargo, lo único en lo que podía pensar era en el aspecto que tendría Nessa con un vestido de gala.

–¿Es realmente necesario que yo vaya?

–Sí –repuso Luc con frustración. De vuelta en sus establos, acababa de informar a Nessa de la fiesta a la que habían sido invitados.

Ella no podía ni imaginarse asistiendo a un evento de la alta sociedad. Jamás había servido para arreglarse y llevar vestidos de fiesta, totalmente ignorante de las modas y de la etiqueta para esa clase de fiestas.

–No tengo nada que ponerme.

Luc se miró el reloj.

–Le he pedido a una estilista que venga con una muestra de vestidos. También va a traer a una peluquera y una maquilladora.

Nessa se sintió entre la espada y la pared, mientras Luc la observaba, todavía vestido con un impecable traje de chaqueta, en deferencia al código de etiqueta de las carreras. Guapísimo.

–¿Por qué tengo que ir yo? Soy solo la jockey. Nadie me conoce.

Luc se sacó el teléfono del bolsillo, pulsó en la pantalla unas cuantas veces y se lo tendió a Nessa. Ella soltó un grito sofocado.

¡Dos bellezas triunfan en las carreras de Kilkenny Gold!

Rezaba el titular, acompañado de una foto de Nessa sonriendo sobre el caballo, después de la carrera.

–Has causado sensación. Todo el mundo se ha dado cuenta del gran talento que tienes.

Ella le devolvió el teléfono, un poco mareada. Había querido hacerlo bien, pero no había esperado llamar tanto la atención. La euforia del éxito comenzaba a dar paso a una creciente ansiedad. Nunca le había gustado que se fijaran en ella y menos en un entorno en el que se sentía como pez fuera del agua.

Su hermana Iseult había tenido que pasar por ello también, desde que se había convertido en esposa del jeque de Merkazad. Su hermana le había confesado muchas veces que no estaba nada cómoda con los vestidos de gala. Pero Nadim la amaba, sin importarle como se vistiera. Al pensarlo, a Nessa se le encogió el corazón. De pronto, se sintió terriblemente sola.

–¿Qué te pasa?

Luc la sacó de sus pensamientos. La estaba contemplando con el ceño fruncido.

Ella se negó a delatar sus sentimientos. No quería mostrarse vulnerable delante de él. Así que levantó la barbilla.

—No pasa nada. ¿A qué hora debo verme con la estilista?

—Estarán aquí dentro de una hora. He pedido a la señora Owens que te cambie a un cuarto más grande, donde puedas prepararte mejor. Puede que tengamos que asistir a más eventos como este. Nos encontraremos en la entrada de casa a las siete.

Nessa se miró al espejo y parpadeó. ¿Esa era ella? Parecía una extraña. Llevaba el pelo recogido a un lado de la cara y suelto sobre el otro hombro en una cascada de relucientes ondas. El escote en uve de su vestido negro dejaba ver más piel de la que le hubiera gustado. Le caía hasta el suelo, hasta unos delicados zapatos de tacón de aguja que le hacían andar como un robot.

El maquillaje era discreto, al menos, pero hacía que sus ojos parecieran más grandes. Los labios le brillaban con un tono suave de carmín.

—Estás impresionante —comentó la estilista, tras observarla un momento—. Son casi las siete. Ahora debes ir a encontrarte con el señor Barbier —añadió con un guiño—. Lo que yo daría por estar en tu piel ahora mismo. Es un bombón.

La maquilladora rio. Claramente, era de la misma opinión. Forzándose a sonreír, Nessa se calló que estaría más que contenta con cambiarle el puesto. Ellas no lo entenderían.

Con cuidado de no caerse con los tacones, bajó las escaleras. Cuando llegó a la entrada, la puerta estaba abierta. Luc estaba fuera, dándole la espalda, con las manos en los bolsillos. Ella recordó la cicatriz que le había visto la otra noche.

Durante un breve instante, Nessa soñó con ser una mujer hermosa a punto de reunirse con su cita. Pero, cuando él se volvió y la recorrió de arriba abajo sin un ápice de emoción en los ojos, ella dejó de sentirse hermosa. Solo pudo acordarse de cómo le había dicho esa primera noche que no era su tipo.

Durante un segundo, Luc casi no la reconoció. Todo su cuerpo se tensó al verla.

Estaba preciosa. Sobrepasaba con creces sus expectativas. Llevaba un elegante vestido negro largo, que dejaba ver la curva de sus blancos pechos por el escote.

Sintiéndose un poco embriagado ante tanta belleza, él subió la mirada.

—¿Estoy bien? —preguntó ella con gesto de ansiedad.

Luc no podía creerlo. ¿De veras ignoraba Nessa lo preciosa que estaba? Al menos, su instinto le decía que ella no estaba fingiendo.

—Estás bien. Ahora tenemos que irnos —dijo él con voz constreñida.

Nessa intentó no hundirse ante su reacción. Rezando por no caerse ni tropezarse con el vestido, lo siguió por las escaleras del porche. Abajo los esperaba un flamante deportivo negro.

Lo que había pasado la otra noche había sido un error y no debía volver a pasar, se repitió a sí misma, como un mantra.

Sin decir nada, Luc se puso al volante y condujo durante un par de kilómetros, hasta un helipuerto privado.

—¿Vamos a ir en helicóptero?

—En coche, se tarda una hora en llegar a Dublín. Y la fiesta empieza dentro de media —repuso él.

Nessa intentó hacer lo posible para no mostrarse

abrumada. Cuando salió del coche y notó la hierba mojada bajo los pies, se quedó parada. No estaba segura de cómo llegar con los tacones de aguja hasta el helicóptero que los esperaba.

Luc se dio cuenta, se acercó y, antes de que ella pudiera reaccionar, la tomó en sus brazos y la llevó hasta la nave.

Aliviada, Nessa vio cómo él se sentaba en el puesto del copiloto. Prefería sentarse sola detrás, para poder poner en orden sus pensamientos. Era obvio que, para él, ella no era más que una molestia inevitable.

–¿Estás bien? –preguntó Luc, girándose hacia ella, después de que se hubieron puesto los cascos con auriculares.

Ella asintió y se obligó a sonreír. Aunque no estaba bien en absoluto.

Despegaron y, en pocos minutos, sobrevolaban la ciudad de Dublín, que brillaba como una joya a los lados del río Liffey. Era una estampa mágica.

Cuando hubieron aterrizado, Nessa se libró de la vergüenza de que la llevara en brazos de nuevo, pues caminó sola hasta el coche que los esperaba. Luc se sentó detrás, a su lado.

El trayecto al castillo de Dublín duró diez minutos nada más. Se detuvieron frente a una majestuosa fortaleza iluminada como un árbol de Navidad. Decenas de personas se bajaban de lujosos coches en la entrada. Y Nessa, que acababa de ganar su primera carrera con un pura sangre, no podía estar más aterrorizada.

Luc salió del coche y dio la vuelta para abrirle la puerta a Nessa. Ella miró su mano un momento, titubeando, y se la tomó, dejando que la ayudara a salir. En cuanto hubo bajado del coche, sin embargo, se la soltó como si le quemara.

Él se dijo que no podía culparla, después de cómo le había respondido cuando le había preguntado por su aspecto. Nunca había sido menos cortés con una mujer. Con Nessa, era como si se hubiera olvidado de cómo debía comportarse.

Cuando la había tomado en brazos para llevarla hasta el helicóptero, había sido solo por una cuestión práctica. Pero había sido una tortura para él notar su delicado cuerpo entre sus brazos, sentir su calor. Se había pasado el resto del viaje tratando de ocultar su erección.

Lo irritaba sobremanera que Nessa no hubiera emitido ninguna protesta cuando él había aclarado que lo que había sucedido había sido un error que no se repetiría.

Con el vestido que llevaba puesto, solo tenía que hacer un gesto para que él se tragara sus palabras y cayera a sus pies. Lo único que quería era irse con ella a un lugar donde pudieran estar a solas y tomarla con el tiempo y el cuidado que no había empleado la primera vez.

Tratando de no pensar en ello, Luc le tendió el brazo. Ella lo agarró, quizá, solo para poder caminar con esos altísimos tacones. Con esa altura, estaba más cerca que nunca de su boca, pensó él, lo que le recordaba las enormes ganas que tenía de besarla.

Entonces, se dio cuenta de lo pálida que estaba. Se detuvo justo antes de entrar en el patio del castillo, bañado en una preciosa luz dorada.

—¿Te pasa algo?

–Todo va bien –mintió ella con una débil sonrisa–. ¿Por qué no iba a ser así?

–Porque parece que estás andando hacia el paredón en vez de a una fiesta con tu gente.

–No es mi gente –negó ella, dando un respingo.

Antes de que Luc pudiera preguntarle qué quería decir, una joven embutida en un vestido largo violeta se acercó para recibirlos. Era la encargada de las relaciones públicas del evento.

–Señor Barbier, señorita O'Sullivan, nos alegramos de que hayan podido acudir. Por favor, vengan por aquí.

Fueron guiados por el vestíbulo de suelo de mármol a una gran sala, donde se estaba sirviendo el aperitivo antes de la cena. Luc se percató de que la gente se giraba para mirarlo. Y, por primera vez, le importó un pimiento lo que pensaran de él o si lo consideraban con derecho de estar en un evento reservado a la flor y nata.

Estaba demasiado distraído con la mujer que tenía a su lado.

Cuando les hubieron servido champán, Nessa separó sus brazos y levantó la vista hacia Luc con una diminuta sonrisa.

–¿Qué?

–Dices que yo parecía a punto de ir al paredón, pero tú tienes pinta de estar a punto de arrancarle la cabeza a alguien.

A Luc le sorprendió que pudiera descifrar tan bien lo que pensaba.

–¿Es la primera vez que asistes a esta fiesta? –preguntó ella.

Luc dio un largo trago de champán y asintió.

—Nunca se habían dignado a invitarme, hasta ahora. Creo que pensaban que no merecía su consideración.

—¿No quieres estar aquí?

Luc miró a su alrededor, percatándose de las miradas furtivas que algunas personas le dirigían.

—Esa no es la cuestión. He trabajado tanto como el resto de la gente que está aquí. Quizá, más. Merezco ser respetado y que no me miren como si fuera un bicho raro. Merezco estar aquí —contestó él y, al momento, se sorprendió a sí mismo por haber compartido con alguien algo que consideraba tan privado. En parte, para distraer a Nessa para que no le hiciera más preguntas y, en parte, por pura curiosidad, inquirió—: ¿Por qué has dicho ahí fuera que esta no es tu gente? Provienes del mismo mundo que ellos. Tu linaje familiar puede rivalizar con cualquiera de los que están aquí presentes.

—Tal vez. Pero eso no sirve para nada cuando estás a punto de perderlo todo. Cuando mi padre enfermó y nuestra granja empezó a venirse abajo, la mayoría de esta gente nos dio la espalda, como si tuviéramos una maldición. ¿Ves a ese hombre de ahí?

Luc siguió su mirada hasta un hombrecillo con el rostro enrojecido por la bebida. Cuando el tipo se dio cuenta de que Nessa lo estaba mirando, se puso todavía más rojo y desapareció entre la multitud como un cangrejo debajo de las rocas.

—¿Quién es? —quiso saber Luc.

—Es P. J. Connolly. Solía ser uno de los viejos amigos de mi padre. Crecieron juntos. Llevaba una granja estatal. Tenía los medios para ayudarnos, pero nunca lo hizo. Solo cuando Nadim compró nuestros establos y empezamos a recuperarnos volvió a dirigirnos la palabra.

Perplejo, Luc no había esperado sentir ninguna clase de afinidad hacia Nessa. Había imaginado que se pasaría toda la velada saludando a viejos amigos y conocidos. Pero, al parecer, también ella había probado el amargo sabor del rechazo.

—¿Cómo sabes tú tanto de caballos? —le preguntó ella, mirándolo a los ojos de nuevo—. No puedo creer que sea solo por tu trabajo con Leo Fouret.

Luc no se había esperado esa pregunta. La mayoría de la gente creía el rumor que circulaba sobre su antiguo jefe y él y jamás se atrevería a sacar el tema tan abiertamente.

—¿No lo has escuchado? —replicó él con tono burlón—. Desciendo de gitanos errantes.

—No lo creo —opinó ella, contemplándolo con atención.

En ese momento, la relaciones públicas se acercó a ellos de nuevo y los interrumpió con una amplia sonrisa.

—Señor Barbier, señorita O'Sullivan, hay unas cuantas personas que quieren felicitarles por su éxito de hoy. Por favor, síganme.

Todavía anonadado por cómo había abordado Nessa el tema de sus orígenes y por cómo había despreciado los rumores sobre él, Luc las siguió. Nunca, ninguna persona lo había mirado como Nessa acababa de hacer, sin el morbo del que esperaba una jugosa historia.

Capítulo 7

NESSA seguía molesta por la interrupción. Por primera vez, Luc le había contado algo personal, cómo había sido deliberadamente marginado por la alta sociedad y lo mucho que le afectaba.

Acababan de terminar de cenar y Luc estaba hablando con una mujer mayor a su derecha. Nessa lo miró y, cuando los ojos de ambos se encontraron, sintió un estremecimiento de pies a cabeza.

Ella apartó la vista con rapidez y se limpió la boca con la servilleta para disimular, casi tirando el vaso en el proceso. Cuando se atrevió a mirarlo de nuevo, de reojo, vio que él estaba sonriendo, y no podía ser por lo que la señora mayor le estaba contando con gesto de extrema seriedad.

Maldito hombre. Nessa quiso darle una patada. Él debía de ser consciente de lo mucho que la atraía. Después de todo, había sido su primer amante. Sintiéndose inmensamente vulnerable, se esforzó por no cruzar con él más miradas. Entonces, cuando el presidente de la asociación de propietarios de caballos de carreras se levantó para dar un discurso, ella se alegró de poder centrar su atención en alguien que no fuera Luc.

—... y nos gustaría dar la bienvenida a nuestro más nuevo integrante, llegado desde Francia. Luc Barbier ha dejado a todo el mundo boquiabierto con la espectacular carrera de su pura sangre...

Nessa miró a Luc, que inclinaba la cabeza en gesto de agradecimiento por las palabras del otro hombre. Su expresión no revelaba ni un ápice de sus sentimientos y ella se preguntó qué estaría pensando. Le sorprendió la obvia afronta que implicaba el que no hubiera sido invitado nunca hasta ese momento.

Acto seguido, cuando la mencionaron a ella y todo el mundo se volvió para mirarla, se puso roja como un tomate.

Al terminar el discurso, los comensales se levantaron para pasar a un gran salón donde había una banda tocando música de jazz. Titubeando, Nessa se preguntó si Luc la dejaría sola durante el resto de la velada, ya que todo el mundo estaba haciendo fila para hablar con él. Ansiaba quitarse los zapatos, que la estaban matando. Sin embargo, para su sorpresa, Luc se acercó a ella directamente.

—¿Qué te hacía parecer tan enfadada durante el discurso del presidente? —preguntó él.

Nessa se puso pálida. No era capaz de ocultar sus emociones. Además, al pensar que él había notado su reacción, se sentía todavía más vulnerable.

Él seguía esperando su respuesta.

—Bueno, no creo que seas nuevo en la escena. Llevas un par de años en Irlanda y muchos de tus caballos han ganado carreras aquí, por no mencionar tus logros en Francia.

—Es un mundo muy cerrado —respondió él con tono seco—. No te dejan entrar solo porque tengas caballos ganadores.

—Eso es ridículo. Tú tienes el mismo derecho o

más que cualquiera a estar aquí. Tienes una reputación brillante. Paddy... –dijo ella y se interrumpió de forma abrupta, mordiéndose el labio inferior.

–¿Paddy qué?

–Bueno, seguro que no me crees, pero Paddy te idolatra –repuso ella con reticencia–. Durante los primeros meses que trabajaba para ti, no hacía más que hablar de ti. Si te soy sincera, creo que, en parte, se está escondiendo porque le mortifica haberte decepcionado...

Luc la contempló con atención. Sabía que, en ese momento, debería estar saludando a las personas que le habían dado la bienvenida, pero esa conversación había captado toda su atención. Recordó que las primeras semanas Paddy lo había seguido por todas partes como un perrito.

–Cree que eres un genio y admira tus métodos poco ortodoxos.

Luc combatió su deseo de creerla.

–Lo que dices no concuerda con sus acciones. Son palabras bonitas, Nessa, pero no necesito empleados que me idolatren. Solo necesito poder confiar en ellos.

–¿En quién confías?

–En casi nadie –admitió él y, por primera vez en su vida, no le pareció algo de lo que enorgullecerse. Molesto por el cambio de rumbo en la conversación y por cómo le hacía sentir pensar en todo ello, tomó a Nessa del brazo y la guio a la otra sala, donde ya había parejas bailando.

Pero, en cuanto se acercaron a la pista de baile, ella comenzó a tirar de él en sentido contrario. Cuando la miró, vio que estaba pálida, con expresión de terror. Algo se contrajo en el pecho de Luc.

—¿Qué te pasa?

Ella negó con la cabeza.

—No sé bailar.

—Todo el mundo puede hacerlo. Hasta yo —replicó él. No había sido su intención bailar, pero la reacción de Nessa lo intrigaba.

—No, de verdad. Me quedaré mirando nada más. Hay muchas mujeres aquí que estarán encantadas de bailar contigo.

Luc se había dado cuenta de que unas cuantas mujeres revoloteaban a su alrededor. Sin embargo, lo curioso era que estaba con la única que, al parecer, no quería estar con él. Era una novedad a la que no estaba acostumbrado.

Tras entrelazar sus manos con un decidido movimiento, la llevó a la pista de baile.

Nessa estaba mareada. Esa era su peor pesadilla. Odiaba bailar en público. Le parecía imaginar las risas y burlas de sus hermanos en sus oídos.

—De verdad, prefiero quedarme... —protestó ella, pero se quedó sin habla cuando Luc la abrazó contra su pecho, rodeándola por la espalda con un fuerte brazo.

De pronto, empezaron a moverse. Nessa no tenía idea de cómo sus pies podían hacerlo, sin embargo, se dejó llevar. Nadie los miraba. Bueno, sí los miraban, pero era a Luc, no a ella.

Su miedo cedió un poco, aunque fue sustituido por otra clase de tensión. Sus cuerpos estaban pegados. Aun con los tacones, era bastante más bajita que él y no tenía nada que ver con las gráciles y esbeltas damas que llenaban la pista de baile.

Cuanto más lo pensaba, más se preguntaba si no habría sido una alucinación lo que había pasado en los establos. En ese momento, Luc podía haber pasado por un completo desconocido.

—No te he felicitado todavía como mereces por tu carrera de hoy. Si sigues montando así, podrías liderar la nueva generación de mujeres jockeys —le susurró él.

Nessa se sonrojó. Le parecía que había pasado una eternidad desde la carrera. Y no había esperado recibir alabanzas de ese hombre.

—Puede haber sido solo cuestión de suerte. Si me va mal en la próxima carrera, eso no ayudará en nada a tu reputación, ni a la mía.

Luc negó con la cabeza.

—Has manejado al caballo de forma increíble. ¿Dónde has aprendido a montar así?

Nessa tragó saliva. Clavó la vista en la pajarita de Luc. Era más seguro que levantar la vista hacia sus profundos ojos oscuros.

—Mi padre me enseñó, antes de enfermar. Pero, sobre todo, fue Iseult. Tiene mucho talento. Yo me pasaba todo el día a caballo, desde que llegaba del colegio y los fines de semana, cuando volvía de la universidad...

—¿Has ido a la universidad?

—Iseult insistió en que todos fuéramos —contestó ella—. Sabía que yo quería ser jockey y me ayudó, pero se aseguró de que tuviera otra profesión a la que agarrarme, por si eso fallaba. El mundo de las jockeys femeninas no es muy... fácil.

—¿Qué estudiaste?

—Empresariales.

Luc arqueó una ceja.

—Eso tiene muy poco que ver con montar a caballo.

—Lo sé y me mantuvo lejos de los establos durante años. Pero no me importa. Quería aprender cómo ocuparme de nuestro negocio, si cualquier cosa volvía a ir mal.

—¿Aunque tu cuñado es uno de los jeques más ricos del mundo?

Nessa lo miró con desaprobación.

—Ninguno de nosotros esperábamos nada de Nadim. Ni siquiera mi hermana, que está casada con él. De todas maneras, cuando yo empecé a estudiar, Iseult todavía no había conocido a Nadim. Eran tiempos difíciles. Yo sabía que no podía permitirme el lujo de dedicarme a lo que me gustaba, cuando eso no podía asegurar una fuente de ingresos estable.

Luc no pudo evitar sentir respecto por Nessa y por lo que su familia obviamente había sufrido. A menos que fueran mentiras destinadas a impresionarlo. Aunque estaba casi seguro de que no era así.

Desde que había descubierto que ella había sido virgen y no había estado fingiendo su inocencia, había cambiado su percepción de Nessa, tanto si le gustaba como si no.

Ella lo miró con ojos llenos de determinación.

—No has respondido la pregunta que te hice antes... ¿Cómo es que sabes tanto de caballos?

Luc maldijo para sus adentros. Estaban demasiado cerca el uno del otro, rodeados de parejas. No podía evadirse de la cuestión. Sin embargo, ¿qué tenía que esconder?

—En la puerta de al lado de mi casa, vivía un anciano que me daba algo de dinero por hacerle algunos trabajos, como ir a la compra y cosas así. En su juventud, había sido un jockey famoso, pero un accidente había arruinado su carrera. A mí me fascinaba escuchar sus historias. Solía contarme que todos los pura sangre del mundo descienden de...

–De tres sementales árabes –dijo Nessa, terminando la frase–. Lo sé. A mí también me fascina esa leyenda.

–Pierre se convirtió en adicto a las apuestas on line. Pero, a pesar de saberlo todo sobre las razas de caballos y sus capacidades, siempre perdía más de lo que ganaba. Me enseñó casi todo, incluso cómo invertir con prudencia, lo cual es irónico, porque él nunca siguió sus propios consejos.

Nessa se emocionó al imaginarse a Barbier de niño, pasando tiempo con un viejo jockey discapacitado.

–Debió de ser una persona excelente. ¿Todavía vive?

Luc meneó la cabeza con aire remoto.

–Murió cuando yo era adolescente. Antes de morir, me dio el número de teléfono de Leo Fouret y me dijo que lo llamara y lo impresionara con lo que sabía de las carreras. Me dijo que igual podía conseguir que me contratara.

Y eso era lo que había pasado. Nessa estaba un poco perpleja pero, antes de que pudiera hacerle más preguntas a Luc, él la apretó un poco más contra su pecho para impedir que chocaran con otra pareja.

Entonces, ella lo notó. La presión de su erección bajo el abdomen.

Levantó la vista hacia él con los ojos muy abiertos, las mejillas ardiendo de calor. Luc arqueó una ceja con gesto interrogativo, mientras seguían moviéndose con la música.

Nessa apenas podía respirar. Solo podía pensar en lo frío que él se había mostrado hacía días en los vestuarios, cuando le había dicho que nunca más volverían a tener sexo.

Ella había creído que la razón era que no la deseaba.

—Pensé que dijiste que no volvería a pasar —comentó Nessa.

—Y lo decía en serio.

—Pero... —balbuceó ella, confundida y excitada.

—¿Pero todavía te deseo?

Ella asintió, aturdida.

—Que te desee no significa que tengamos que acostarnos. Una de mis reglas es no tener relaciones sexuales con los empleados.

Nessa quiso señalar que ella no era una empleada, sino que trabajaba gratis. Pero temió que sonara como una súplica.

Era una tortura estar tan cerca de él, sabiendo que la deseaba y se contenía sin dificultad. A ella le costaba mucho más actuar con frialdad. Un húmedo calor le ardía entre las piernas.

Sumida en un mar de emociones, se apartó de sus brazos.

—Dijiste que no te gustan los jueguecitos, pero creo que mentiste, Luc. Creo que estás jugando conmigo para castigarme. Sabes que tienes más experiencia que yo y lo estás usando en mi contra.

Acto seguido, Nessa salió corriendo de la pista de baile. No pudo contener las lágrimas que le quemaban las mejillas. Cuando iba a llegar a la salida, un hombre se le acercó.

—¿Señorita O'Sullivan?

Ella tardó un segundo en reconocer al chófer de Luc. Detrás de él, había otra persona. Luc.

Mientras Nessa respiraba hondo, tratando de calmarse, él se acercó, la tomó del brazo y la llevó a una esquina apartada. Su cara tenía una expresión sombría.

—Te he dicho antes que no me gustan los juegos. Y no suelo contradecirme. Esto es nuevo para mí también.

Un poco avergonzada, Nessa se dijo que, tal vez, había reaccionado de forma exagerada. Por lo menos, debería estarle agradecida porque no se aprovechara de su incapacidad para resistirse a él.

—Es tarde y le prometí a Pete que me levantaría temprano mañana para entrenar.

—Haré que Brian te lleve a casa. Yo tengo que asistir a una reunión en Dublín mañana, así que me quedaré aquí a pasar la noche.

Nessa trató de ocultar su decepción. Había esperado fervientemente que él le pidiera que se quedara.

—Buenas noches, Luc.

Él llamó a Brian por el móvil y el chófer reapareció. Segundos después, Nessa estaba sentada en el coche, en dirección a la granja.

Humillada, se dijo a sí misma que, por mucho que Luc la deseara, era la última mujer con la que se iría a la cama. Por muy bonito que hubiera sido su vestido y por mucho que hubiera bailado con el príncipe, se sentía como Cenicienta. Aunque a ella nada la convertiría en princesa.

Poco tiempo después, Luc estaba en el balcón de la opulenta habitación de hotel, con una toalla alrededor de la cintura. La luna se reflejaba en el río Liffley. Le dio un trago a su vaso de whisky escocés, pero nada conseguía calmar su excitación. Ni siquiera la ducha fría que acababa de darse.

¿En qué diablos estaba pensando al negarse el placer de estar con una mujer? Aunque fuera Nessa O'Sullivan, con todas las complicaciones que eso implicaba.

La clave estaba en cómo ella lo miraba. Y en las preguntas que le hacía, que le llegaban a lugares recónditos del corazón que nadie había tocado en mucho tiempo.

Luc maldijo. Le había hablado de Pierre Fortin. Ese hombre había sido uno de sus ángeles de la guarda cuando había sido un niño y le había enseñado todo del fantástico mundo de los caballos y las carreras.

En honor a él, Luc había llamado El legado de Fortin a su primer caballo.

Aunque no estaba acostumbrado a hablar de Pierre con nadie. Era un recuerdo demasiado personal, demasiado íntimo. A veces, se le encogía el corazón al pensar en cuánto lo echaba de menos.

Sin embargo, hablara o no de Pierre, seguía deseando a Nessa. Se dio cuenta de que el haberse negado la satisfacción de llevarla a la cama no le había servido de nada. Más bien, lo estaba volviendo loco.

La deseaba en el plano físico. Eso era todo. Quizá, ella sintiera lo mismo. Tal vez, si le recordaba que lo que había entre ellos era pura atracción carnal, Nessa dejaría de hacerle preguntas sobre temas en los que él no quería pensar.

Nessa quedó segunda en la siguiente carrera. No ganó, aunque obtuvo una posición más que respetable. Pete estaba loco de contento. En cuanto a Luc, ella no pudo descifrar lo que pensaba. Su expresión era siempre tan misteriosa...

Habían pasado unos días desde la fiesta y apenas lo había visto. Al parecer, había estado en Dublín, ocupado en reuniones de trabajo, y había visitado París mientras tanto.

Nessa se dijo que no debía importarle, mientras se miraba al espejo en el baño de la zona VIP. Se colocó la falda de encaje color crema que llevaba con una blusa a juego. Se sentía demasiado arreglada. Pascal le había dicho que tenía que ponerse elegante para las fotos que saldrían en la prensa, así que se había puesto uno de los trajes que la estilista le había dejado.

Se había recogido el pelo en un moño en la nuca y llevaba uno de esos ridículos y pomposos sombreros. Suspiró, esperando tener un aspecto presentable, y salió del baño para encontrarse con Pascal.

Cuando entró en la suite donde habían quedado, estaba vacía. Había algunos refrescos y aperitivos preparados en una mesa, pero Nessa los ignoró y se sirvió solo un vaso de agua. No quería que la sorprendieran con la boca llena.

Desde la habitación, podía verse a la perfección la pista de carreras. Oyó que la puerta se abría y se giró, esperando encontrarse con Pascal y los periodistas. Pero no era Pascal. Era Luc. Con un esmoquin impecable, parecía primitivo y civilizado al mismo tiempo.

La recorrió de arriba abajo con su oscura mirada, mientras a ella le subía la temperatura varios grados.

—Pascal me dijo que me vistiera de forma elegante para recibir a la prensa.

—Estás muy... elegante —observó él y cerró la puerta con llave.

A Nessa se le aceleró el corazón, mientras él se acercaba como un lobo acorralando a su presa.

—Pascal y la prensa llegarán en cualquier momento —dijo ella, dando un paso atrás.

Luc meneó la cabeza.

—Pascal va a entretenerlos un rato. Los mantendrá lejos de aquí.

Nessa estaba confundida.

—¿Por qué has cerrado la puerta con llave?

Luc estaba parado justo delante de ella. Era alto y sexy. Irresistible.

—He cerrado porque estoy harto de contenerme contigo.

Antes de que ella pudiera reaccionar, él le quitó el moño. El pelo le cayó sobre los hombros como una cascara rojiza. El sombrero estaba en el suelo.

—Luc, ¿qué estás haciendo? —preguntó ella, sin aliento.

Como silenciosa respuesta, él la apretó entre sus brazos y la besó. Nessa no fue capaz de defenderse de su sensual emboscada. El cuerpo entero se le prendió fuego, como si hubiera estado esperando sus besos y sus caricias.

Luc no le dio tiempo a pensar en lo que estaba pasando. Lo único que Nessa podía hacer era sentir. Sucumbir. Había soñado tanto con ese momento que no quería que terminara nunca.

Antes de que pudiera controlarse, lo rodeó del cuello con sus brazos y se apretó contra su torso. Él le acarició la espalda y deslizó las manos debajo de su blusa para tocar su piel desnuda.

Sin embargo, a pesar de que estaba en la gloria, Nessa logró reunir fuerzas para apartarse.

Estaba jadeando como si acabara de correr un maratón. Luc la miraba con ojos ardientes.

—¿Qué pasa?

—¿Cómo que qué pasa? —replicó ella, abrazándose a sí misma como si necesitara defenderse—. Dijiste que esto no volvería a suceder.

—Pensé que iba a ser capaz de resistirme a ti, Nessa... pero no puedo. Si actuamos de acuerdo a nuestros impulsos, antes o después esta química que sentimos se desvanecerá. Siempre se acaba. Deja que sea yo quien te muestre los placeres de la cama, mientras dure lo que sentimos el uno por el otro.

Ella se estremeció por dentro. Él ya le había enseñado mejor que bien lo que podía ser el sexo. Había algo oscuramente atractivo en la idea de dejarse consumir por ese hombre, hasta que todo se... desvaneciera. Pero debía ser fuerte, se dijo a sí misma. Y negó con la cabeza.

—No creo que sea buena idea.

Luc apretó la mandíbula.

—No soy solo un juguete que puedas tomar y dejar cuando te conviene.

—Créeme —rugió él con voz ronca—. No hay nada que me convenga de todo esto.

—Bueno, seguro que hay muchas mujeres que te convienen más que yo.

Meneando la cabeza, él alargó un brazo y la sujetó de la mandíbula. Pasó con suavidad un pulgar por sus labios.

—El problema es que no quiero a ninguna otra mujer. Te deseo a ti.

A Nessa se le quedó la boca seca. Que Luc Barbier le dijera que la deseaba a ella en especial era más de lo que podía sobrellevar. Al instante, sintió que sus resistencias se debilitaban.

Como si intentara calmar a un potro nervioso, Luc la sujetó el rostro con suavidad entre las manos. La miró a los ojos.

–Te deseo a ti, Nessa.

Ella tenía el pulso acelerado a toda velocidad. ¿Sería capaz de manejar otro encuentro con ese hombre? Dudaba mucho que pudiera separar la atracción física de los sentimientos, como había planeado en un principio.

–Es solo algo físico –susurró él, sin dejar de sostenerle la mirada–. No le des demasiadas vueltas. No tiene que nada ver con tu hermano ni con la deuda. Solo tiene que ver con nosotros dos.

Él sabía qué decir para debilitar sus defensas, observó Nessa. Si él podía mantener su corazón al margen, ¿por qué ella no?

La verdad era que no podía negarse lo que Luc le ofrecía. Lo deseaba más que el aire que respiraba. Despacio, le acarició la mandíbula y le recorrió los labios con la punta del dedo, abrumada por el deseo que percibía en sus ojos.

Una sensación de fatalidad la invadió. Sabía que no podía resistirse. Se puso de puntillas y lo besó en un gesto silencioso de rendición.

Con una gozosa sensación de triunfo, Luc saboreó su boca. No se paró a pensar en el tumulto de sentimientos que había percibido en los verdes ojos de ella. Nada podía detenerlo.

La rodeó con sus brazos y la acorraló contra la

pared, perdiéndose en los carnosos labios que habían invadido sus sueños desde hacía días.

Su sabor era dulce, como recordaba. O más dulce aún. Su pequeña lengua hacía tímidas incursiones para tocarlo. Él se la capturó, la succionó, haciéndola retorcerse de deseo. No había marcha atrás. Necesitaba poseerla con una urgencia que no tenía precedentes.

Sin embargo, un atisbo de fría realidad se coló en su mente. Apartó la boca un momento.

—Necesito tenerte ahora, aquí...

Ella lo miró, sus ojos dos pozos de deseo. Se mordió el labio.

—De acuerdo.

—Quítate la ropa.

Nessa tembló, sintiéndose vulnerable. Pero, entonces, Luc empezó a desnudarse y se quedó hipnotizada mirándolo. Primero, se quitó la chaqueta, el chaleco, la pajarita, la camisa... se desabrochó el cinturón.

Intentando acordarse de respirar, Nessa hizo amago de bajarse la cremallera que le partía de la nuca, pero tenía los dedos más torpes que nunca. Luc tenía el pecho descubierto. Podía ver el sendero de vello que le bajaba desde el abdomen hacia la cintura de los pantalones.

—Date la vuelta —dijo él.

Ella obedeció. Él le bajó la cremallera y le quitó la parte de arriba del conjunto que llevaba. Debajo de ellos, la multitud estalló en vítores en las gradas, cuando terminó otra carrera y ganó el caballo favorito. Pero Nessa no les prestó atención.

Luc se quitó los pantalones. Al adivinar su erección por debajo de sus calzoncillos, a Nessa se le hizo la boca agua.

–Tu falda. Quítatela ahora.

Su orden ronca y urgente la incendió todavía más. En vez de sentir vergüenza mientras se desnudaba bajo la mirada de Luc, lo único que podía experimentar era una honda excitación ante sus ojos apreciativos.

Por primera vez en su vida, la invadió una femenina sensación de poder. Era embriagador pensar que podía gustarle a Luc Barbier.

Dejando la falda en el suelo, ella se quitó los zapatos. Luc se libró de sus calzoncillos y la rodeó con sus brazos, devorándola.

A Nessa le encantaba estar pegada a su cuerpo fuerte y duro. Le hacía sentir suave y delicada. Lo rodeó con sus brazos, perdiéndose en sus besos, casi sin darse cuenta de que la llevaba a uno de los sofás. Él se sentó, con ella sobre el regazo.

Comenzó a besarle los pechos, le succionó los pezones, mientras ella solo podía rendirse a tanto placer. Bajó la mano para tocar su poderosa erección y, soltando un gemido sofocado, él abrió el envoltorio de un preservativo y la apartó un momento, lo justo para ponerse la protección.

–Siéntate un poco... así... –dijo él, sujetándola de la cintura con sus fuertes manos.

Mientras maniobraba para penetrarla, Nessa pensó que nunca se había sentido tan salvaje y tan sensual. Él le apartó las braguitas a un lado para que no fueran un impedimento y acercó la punta de su erección a su entrada.

Durante un instante, ella recordó el breve dolor que le había producido su primera penetración, pero, como si le hubiera leído la mente, él le acarició la espalda con suavidad.

–Confía en mí, pequeña, no te haré daño, ¿de acuerdo?

Nessa asintió, sujetándose a los hombros de él, y lo miró a los ojos mientras la penetraba despacio. Centímetro a centímetro, fue llenándola, dejándola sin respiración.

–Marca tú el ritmo, *ma belle*...

La voz de Luc sonaba tensa, como si estuviera esforzándose por controlarse. Ella se sintió poderosa de nuevo y empezó a subir y bajar las caderas.

–Vas a matarme... –susurró él.

Pero Nessa estaba demasiado distraída por la tensión creciente que la invadía. Moviéndose más rápido, se acercaba más y más al clímax. Luc le besaba la piel desnuda, excitando sus pechos con la lengua y con los dientes sin piedad. Los movimientos de ella se hicieron más salvajes, más desesperados.

Entonces, él demostró su experiencia y tomó el control. La sujetó de las caderas, deteniéndola, y a continuación la subió y la bajó, penetrándola cada vez más fuerte y con mayor profundidad.

Estaban empapados en sudor, sus miradas entrelazadas. Nessa pensó que iba a morir y con una poderosa arremetida casi lo hizo. Pero fue una muerte exquisita, envuelta en oleadas de placer. Fue tan intenso que tuvo que morderle el hombro a su amante para no gritar y dar a conocer en todo el hipódromo lo que estaba pasando en esa habitación.

Después, se quedó exhausta, abrazada a él como un peso muerto. Luc le echó hacia atrás la cabeza.

–La próxima vez, lo haremos en una cama.

Al pensar en que él estaba proponiéndole una próxima vez, Nessa se estremeció de nuevo. Aquello era solo el principio...

–¿La próxima vez?

Luc sonrió con gesto travieso y provocativo.

–Oh, sí, habrá una próxima vez y otra después de esa... y posiblemente, incluso, más.

Mientras hablaba, él subrayaba las palabras con besos mojados en su cuello, en sus hombros. Embriagada, Nessa se repitió a sí misma que podía manejar la situación. Se sentía capaz de cualquier cosa, siempre y cuando Luc no dejara de besarla.

Capítulo 8

TENGO un caballo en Francia que me gustaría que montaras. Es muy difícil de manejar y ninguno de mis jockeys lo ha conseguido hasta ahora.

Nessa estaba cepillando a Tempest, al cual acababa de montar. Luc estaba vestido con vaqueros gastados y un polo, apoyado en la puerta de los establos, con los brazos cruzados. Era tan guapo que ella se quedaba sin respiración cada vez que lo veía. Habían pasado dos días desde su sensual interludio en la sala VIP del hipódromo.

—De acuerdo.

—Cuando hayas terminado aquí, ve a hacer la maleta. Nos iremos dentro de un par de horas. Nos quedaremos en mi casa de París esta noche para la fiesta e iremos a mis establos en Francia mañana.

Nessa tragó saliva, digiriendo sus palabras.

—¿Qué fiesta?

—Nos han invitado a los premios anuales del deporte en Francia. Al parecer, también has causado sensación fuera de Irlanda. Todo el mundo quiere verte de cerca.

Nessa no podía creerlo.

—¿Es adecuado que nos quedemos juntos en tu casa?

Luc se acercó un poco más.

—Es muy adecuado. Dijimos que habría una próxima vez, ¿recuerdas?

Entonces, él posó la mano en su nuca, donde ella tenía el pelo recogido en una desarreglada cola de caballo y la acercó a su boca.

—Quizá, necesitas que te refresque la memoria...

Todo desapareció a su alrededor cuando Luc la besó. El cepillo se le cayó de las manos, el caballo relinchó, pero solo una cosa ocupaba su mente: el deseo animal que la invadía.

Cuando él separó sus labios, ella tardó un segundo más en abrir los ojos.

Con una sonrisa triunfal, él salió del establo, dejándola como si un relámpago la hubiera recorrido de arriba abajo.

Nessa sabía que no era buena idea dejar que Luc la atacara de esa manera, por muchas razones, entre las que destacaba su instinto de autoconservación. Sin embargo, la idea de ir a París con él era demasiado seductora como para resistirse a ella.

Pocas horas después, Nessa se sentía cada vez más presa de un cuento de hadas. Había ido a París en una ocasión antes, en un viaje con el colegio, pero no había tenido nada que ver con aquello. Habían volado en un avión privado y un coche había estado esperándolos en el aeropuerto.

Mientras habían atravesado las afueras de la ciudad, con sus paredes llenas de grafitis, había notado cómo Luc se había puesto tenso, mirando por la ventanilla con el ceño fruncido.

Pero París era una ciudad hermosa, con sus magníficos bulevares y sus edificios antiguos. Sobre todo, en esa época del año, con todos los árboles en flor. Por no mencionar los monumentos icónicos del lugar, como la torre Eiffel o el Arco del Triunfo. En ese momento, Nessa podía verlos desde los ventanales del baño.

Cuando habían llegado a la casa de Luc, en la planta alta de uno de esos adornados edificios en un ancho bulevar, él había desaparecido en su estudio para hacer unas llamadas y una amable ama de llaves había mostrado a Nessa la suite de invitados.

Le había enseñado un vestidor que había estado lleno de maravillosos vestidos. Nessa no había sabido como reaccionar al comprobar lo bien preparado que estaba Luc para sus invitadas femeninas. De todas maneras, le había servido como recordatorio de cuál era su lugar en la vida de un hombre tan exitoso y atractivo. Y, si lo miraba por el lado práctico, le sería útil, pues no se le había ocurrido meter un vestido en la maleta cuando habían salido de Irlanda.

En ese instante, en el balcón, embutida en un lujoso albornoz, prefirió no pensar en nada, solo disfrutar de las vistas. La puesta de sol se iba desvaneciendo en el horizonte, mientras la torre Eiffel comenzaba a iluminarse.

Con una sonrisa, Nessa se dijo que hacía mucho tiempo que no se sentía tan feliz. Sin embargo, al instante, su sonrisa se desvaneció. ¿Cómo podía sentirse feliz cuando su hermano debía de estar muerto de miedo en su escondite?

Había intentado llamarlo antes, pero Paddy había tenido el teléfono apagado, como siempre. Y tampoco había podido encontrar a su otro hermano, Eoin.

En ese momento, alguien llamó a su puerta. Con el corazón acelerado, Nessa pensó que podía ser Luc. Pero, cuando abrió, se encontró con el ama de llaves, acompañada de dos mujeres.

—El señor Barbier ha llamado a estas dos señoritas para que la ayuden a prepararse para esta noche.

Nessa esbozó una sonrisa forzada. Pensar en la fiesta le hacía sentir mareada. Una cosa era salir a una gala de clase alta en Dublín. Pero París era otra cosa. Sin duda, iba a necesitar ayuda.

—Gracias, Lucille.

Mientras las ayudantes se ponían manos a la obra, Nessa no podía sacarse de la cabeza el odioso pensamiento de que, antes que ella, otras mujeres habían ocupado su lugar en casa de Luc.

—Luc, esa chica es una mina de oro. La adoran. El hecho de que tenga tanto talento natural la hace más interesante. No se hablaba de una mujer jockey desde hace años. La prensa también ha descubierto la conexión de su familia con el jeque Nadim y su mujer, así que ahora están como locos con la novedad. No dejan de llegar invitaciones. Has sido oficialmente aceptado en el santuario de los poderosos en el mundo de la hípica. ¿Cómo te sientes?

¿Cómo se sentía? Luc seguía dándole vueltas a la conversación que acababa de tener con Pascal por teléfono. ¿Cómo se sentía después de haber logrado la aceptación y el respeto que llevaba años buscando?

Curiosamente, frío, admitió para sus adentros. Incluso esas vistas, que mostraban un paisaje exclusivo del glamuroso París, lo dejaban indiferente.

Justo entonces, oyó un ruido y, cuando se volvió, encontró a Nessa en la puerta de la habitación. Antes había estado guapa, pero en ese momento estaba... impresionante.

Llevaba un vestido largo y verde brillante. La tapaba desde el cuello hasta los pies. Tenía manga larga, pero se ajustaba a cada una de sus delicadas curvas, ensalzando su sensualidad. Llevaba el pelo recogido en un elegante moño italiano y unos sencillos pendientes de diamantes.

Cuando entró en la habitación, parecía nerviosa.

—Estoy preparada.

Había algo en ella que le daba un aspecto muy vulnerable. Luc podía adivinar lo fuera de lugar que se sentía. Conmovido, trató de pensar en algo para animarla.

—Estás muy hermosa, Nessa.

Ella se sonrojó, alisándose la falda del vestido con una mano ligeramente temblorosa. Esa mujer podía domar y montar al más fiero pura sangre, ¿y una fiesta la hacía temblar?

—No soy hermosa. No tienes por qué decir eso.

Luc cruzó la distancia que los separaba con dos grandes zancadas y la sujetó de la barbilla, mirándola a los ojos.

—Si hubieras sido otra persona, habría pensado que solo pretendes hacerte la modesta. Pero creo que tú lo dices en serio. ¿Quién te ha hecho creer que no eres hermosa?

Ella se apartó.

—Crecer con dos hermanos no ayuda a explorar tu lado femenino. Y nuestra madre murió cuando tenía ocho años, así que no recuerdo su influencia.

—¿Y tu hermana mayor?

Nessa se encogió de hombros.

—También era muy masculina. Y siempre estaba demasiado ocupada.

Él intentó contener su sorpresa. Nunca había conocido a una mujer bella que ignorara sus atributos. Hasta ese momento. Tuvo la tentación de tomarla de la mano y llevarla al dormitorio para quitarle aquel sofisticado moño y limpiarle el maquillaje con sus besos.

Pero dio un paso atrás.

—Vámonos. El chófer nos está esperando.

Mientras bajaban en el ascensor, Nessa trató de ignorar el hondo sentimiento que le habían producido las palabras de su acompañante. Luc la consideraba hermosa. Sabía que no era un hombre dado a los cumplidos vacíos y, por primera vez en su vida, se sintió guapa.

Respiró hondo, para calmar los nervios, aunque era difícil, teniendo a Luc tan cerca en el pequeño cubículo.

Sus ojos se encontraron en el espejo del ascensor. Los de Luc era oscuros como dos pozos sin fondo y tenían un brillo de deseo tan explícito que la dejaban sin respiración.

Nessa ansió saber cómo reaccionar en ese tipo de situaciones. Seguramente, sus otras amantes, esas para las que había comprado esa colección de vestidos, sabrían decir unas palabras seductoras en el momento adecuado, mientras lo rodeaban con sus brazos llenas de confianza.

Incluso, tal vez, se atreverían a apretar el botón de parada del ascensor e iniciar un encuentro ardiente allí mismo. Igual él estaba esperando que hiciera eso mismo. Sobrepasada por la inseguridad y la excitación, Nessa buscó desesperadamente algo que decir.

—Es una suerte que estés tan bien preparado para tus... amigas. Había muchos vestidos entre los que elegir.

Él arqueó las cejas, al mismo tiempo que se abrió el ascensor. Cuando ella salió, la sujetó del brazo, deteniéndola.

—¿A qué te refieres con eso?

Nessa notó cómo se sonrojaba y maldijo para sus adentros por su falta de sofisticación.

—A las ropas que había en el vestidor. Debes de tenerlas guardadas por si les hacen falta a tus amantes.

—Esas ropas fueron compradas para ti. Hice que una estilista las trajera antes de que llegáramos. No hospedo a mujeres en mi casa y, menos aún, tengo una colección de vestidos para ellas.

Nessa se quedó sin palabras. El corazón se le aceleró en el pecho. Decía que no hospedaba a mujeres en su casa, pero a ella, sí.

—Ah.

Luc estaba muy serio, como si él también se hubiera dado cuenta de lo que su afirmación implicaba. No dijo nada. Se limitó a guiarla hacia delante, donde el coche los esperaba.

Hicieron en silencio el trayecto al hotel donde se celebraba la fiesta. Nessa decidió mantener la boca cerrada para no volver a meter la pata. En vez de eso, se concentró en admirar la vistas de París por la ventanilla.

Tenía que recordarse que por muy abrumadores que fueran sus sentimientos por Luc, no eran correspondidos, ni de la forma más remota. Él estaba interesado solo en una relación pasajera. Y, si ella no hubiera irrumpido en su vida motivada por su urgencia por proteger a su hermano, nunca iría sentada a su lado en un coche, vestida con un atuendo que valía más de lo que podía ganar en un año entero.

No debía olvidar nada de eso. Porque, una vez que Paddy solucionara el problema del dinero que faltaba, Nessa sabía que su historia con Luc sería agua pasada.

Pocas horas después, Nessa estaba esperando a Luc en el vestíbulo del hotel. Él estaba a un par de metros, hablando con dos hombres que acababan de abordarlo. Ella se alegraba de aquel breve respiro. Él llevaba toda la noche a su lado, haciendo que el pulso se le disparaba cada vez que la rozaba o cada vez que la tomaba del brazo.

Justo entonces, alguien se acercó para hablarle al oído.

—¿No es el hombre más guapo que has visto en tu vida?

Sobresaltada, ella se volvió y se topó con una mujer mayor, pero perfectamente conservada, con cabello rubio y ojos azules clavados en Luc. Había algo en el hambriento brillo de esos ojos que le daba escalofríos a Nessa.

—Disculpa, ¿nos conocemos?

La mujer apartó los ojos de Luc para dedicarle a Nessa una mirada de desprecio.

—Tú eres esa jockey de la que todos hablan, supongo. ¿Te acuestas con él?

Nessa se sonrojó.

—No creo que eso sea de tu...

—No vas a poder domarlo —le espetó la mujer, agarrándola del brazo con rabia—. Un animal tan magnífico como él no puede domesticarse.

Nessa se zafó de sus garras, furiosa e invadida por un inesperado instinto protector.

—No es un animal, es un hombre.

—Celeste. Qué placer.

Luc se había acercado a ellas por la espalda. Su mirada contradecía sus palabras. Sus ojos tenían un brillo asesino.

—Cariño... hace mucho tiempo que no nos vemos —dijo la mujer, pegándose a él y lo agarró del brazo.

Luc le apartó la mano y tomó a Nessa del brazo.

—Buenas noches, Celeste.

Entonces, se giró y se marchó con Nessa a su lado.

Nessa se resistió para no mirar hacia atrás. Celeste debía de ser una de sus antiguas amantes, pensó. Aunque ese mero pensamiento hacía que se le revolviera el estómago.

A Luc no le gustaba cómo le habían hecho sentir las palabras de Nessa a esa mujer. «No es un animal». Había salido feroz, en su defensa. Había tenido una expresión similar cuando había defendido tan apasionadamente a su hermano la primera vez que se habían visto.

A Luc le impactaba que Nessa hubiera dado la cara por él. No necesitaba que nadie lo defendiera.

En ese momento, posó la mirada en ella. Estaba pálida como la leche.

–No hacía falta que me defendieras. Yo lucho mis propias batallas.

–Estaba hablando de ti como si no fueras humano. ¿Cómo has podido salir con ella? Es horrible.

Una oleada de asco recorrió a Luc.

–Nunca hemos sido amantes, a pesar de que ella hizo todo lo que pudo para seducirme. Es la mujer de Leo Fouret. La encontré desnuda en mi cama una noche y me amenazó con acusarme de que la había violado, si no me acostaba con ella. Por eso tuve que dejar de trabajar para Fouret. Él sabía cómo era su esposa y me ofreció dinero porque me fuera y mantuviera la boca cerrada. Yo rechacé su dinero, pero acepté que me diera un caballo.

¿Por qué diablos le contaba todo eso a Nessa? No le debía ninguna explicación, se dijo a sí misma.

–Por eso reaccionaste así cuando me encontraste en tu dormitorio –dijo ella tras un instante de silencio–. Siento haber abierto la boca. Pero no pude evitarlo. No eres un objeto.

Nunca antes nadie había salido en defensa de Luc. Una incómoda sensación de calidez anidó en su pecho.

–Al final, Celeste me hizo un favor. Si no hubiera abandonado los establos de Fouret, igual seguiría trabajando allí. Ese caballo me dio buena suerte.

Ella negó con la cabeza.

–No lo creo. Seguro que te habrías hecho rico de todas maneras.

–Eres como una fiera tigresa –comentó él, observándola con intensidad.

Nessa se sonrojó. No sabía cómo responder a eso. Al mismo tiempo, era un alivio saber que Luc no había sido amante de Celeste.

Un millar de preguntas le asomaban a la punta de la lengua, pero antes de que pudiera decir nada, Luc habló de nuevo.

—Esta noche has estado muy bien.

—Me siento como un fraude, si te soy sincera —repuso ella, encogiéndose de hombros—. Un par de buenas carreras no merece tanta atención.

Luc meneó la cabeza.

—Tienes un talento natural que todo el mundo reconoce. Y eres una joven hermosa. Es una combinación explosiva.

—Llevo unos cuantos años montando caballos de carreras y nunca nadie se había fijado en mí. Creo que la clave es que monto tus caballos. A la gente le fascina todo lo que haces.

—Les fascino igual que a los conductores les fascina un accidente en la carretera y vuelven la cara para curiosear antes de pasar de largo —comentó él con voz sombría.

Nessa quiso negarlo, pero sabía que él no buscaba su compasión ni su simpatía. Además, había notado cómo la gente lo había mirado durante toda la velada. Tenía que ser agotador sentir que necesitaba probar su valía todo el tiempo.

Temiendo que él pudiera leer la expresión de su rostro, se volvió hacia la ventanilla. Estaban cruzando el Sena y en sus orillas había varias parejas de enamorados. Sin embargo, lo que había entre ellos no tenía nada que ver con el amor. Mientras se lo repetía a sí misma una y otra vez, el corazón se le aceleraba en el pecho. Sentía las manos frías y sudorosas.

Cielos, se estaba enamorando de él.

—¿Has estado alguna vez antes en París?

Su pregunta la sacó de sus pensamientos, sobresaltándola. Se volvió hacia él, tratando de calmar el pánico que la invadía.

—Solo una vez, hace mucho, en un viaje con el colegio. Siempre había querido volver. Es el sitio más hermoso que conozco.

Luc llevaba toda la noche conteniendo su deseo de poseerla. Varios hombres se habían acercado a ella durante la fiesta, mirándola como si fuera la única mujer en el mundo. Él había tenido que controlarse para no apartar a todos y llevarse a Nessa a un rincón tranquilo, quitarle el moño y ese lujoso vestido...

Y, aunque lo único que quería en ese momento era llegar a su casa para hacer realidad su deseo, algo le impulsó a pedirle a su chófer que diera un pequeño rodeo para llevarlos a un lugar especial.

—¿Donde estamos? —preguntó ella, cuando el coche se detuvo minutos después.

—En Montmatre —contestó él, casi lamentando su impulsiva decisión—. Ven. Te voy a enseñar una cosa.

Luc salió del coche y dio la vuelta para abrirle la puerta. Cuando ella le dio la mano, él tuvo que apretar los dientes para sofocar la excitación que hasta ese casto contacto le producía.

Caminaron la corta distancia a pie que había hasta la catedral del Sagrado Corazón. Era tarde, pero había todavía grupos de gente a su alrededor. Luc se desabrochó la pajarita del esmoquin y el primer botón de la camisa. Se dio cuenta de que Nessa tiritaba por el aire frío de la noche, así que se quitó la chaqueta y se la puso por encima de los hombros.

—Oh, gracias —dijo ella, mirándolo con timidez.

Cuando dieron la vuelta a una esquina, la catedral

apareció ante su vista en todo su esplendor. Nessa se quedó embobada.

—Vaya. Me había olvidado de la catedral. Es preciosa.

—¿Viniste aquí con la excursión de tu colegio?

Nessa asintió con ojos brillantes.

—Sí, pero no así. Esto es mágico.

Él la llevó a la puerta principal y, desde allí, al mirador. París se extendía a sus pies como una alfombra de joyas relucientes.

Luc respiró hondo. Hacía mucho que no iba a ese lugar.

—Es impresionante. Gracias.

Él se sintió ridículamente complacido, entonces. Era irónico porque, a lo largo de los años, había hecho muchos regalos caros a sus amantes y no había sentido nada cuando ellas le habían expresado su gratitud.

Señaló hacia las vistas.

—Solía venir aquí cuando era niño, con diez u once años. Veníamos en verano, en la temporada alta del turismo. Solíamos aprovechar que los visitantes se quedaban absortos con las vistas para robarles la cartera, el reloj, esa clase de cosas.

Ella se volvió hacía él. Con su chaqueta sobre los hombros, parecía todavía más menuda. Su cabello, una mancha de fuego rojo con el cielo nocturno de fondo.

—¿Alguna vez te sorprendieron?

Él negó con la cabeza.

—Por eso nos enviaban a esa edad. Éramos pequeños y rápidos, capaces de desaparecer en pocos segundos.

–¿Y quién os enviaba?

–Las bandas, chicos mayores. Nosotros les llevábamos el botín y, si nos quedábamos algo, enseguida nos pillaban.

–¿Así que creciste en los suburbios?

Luc miró hacia la ciudad que había sido testigo de su ascenso desde las cloacas. Asintió.

–Donde yo crecí está lejos de estas vistas tan bonitas. La mía fue una existencia muy básica, en un escenario que no tenía nada de romántico. No iba a la escuela, nuestra única educación eran las bandas callejeras.

Él la observó un instante, esperando encontrar en sus ojos el brillo de la codicia que mostraban la mayoría de las mujeres cuando les habría una puerta a su intimidad. Sin embargo, Nessa se limitó a devolverle la mirada con firmeza.

–¿Fue entonces cuando te hiciste esa cicatriz?

Encogiéndose al recordarlo, él asintió.

–Una banda rival me rodeó y sacaron las navajas. Tuve suerte de escapar solo con una cicatriz –explicó él. Había sido entonces cuando había comprendido que, si no dejaba ese mundo, podía morir.

–Dijiste antes que no tenías familia. ¿Es eso verdad?

–Mi madre murió de sobredosis cuando yo tenía dieciséis años y mi padre apareció por primera vez para pedirme dinero cuando se enteró de que me había hecho rico –señaló él con el corazón encogido–. No tengo hermanos. Ni tíos, ni primos. No tengo familia.

–Excepto a Pierre Fortin –murmuró ella.

–Sí. Pierre me salvó –admitió él con un cúmulo de

emociones en el pecho–. Murió poco después de aquel enfrentamiento en que me hicieron la cicatriz. Y yo seguí su consejo de salir de allí y contactar con Leo Fouret. Si no lo hubiera hecho, creo que ahora estaría muerto.

Nessa se estremeció al pensarlo. Sabía que él no estaba exagerando.

–Siento que haya muerto.

Luc se giró hacia ella un momento. Su rostro expresaba una honda emoción. Entonces, él le acarició la mandíbula con suavidad.

–Eres muy dulce, Nessa O'Sullivan. Eso o eres la mejor actriz que he conocido.

Nessa se encogió, dolida, al comprender que todavía no confiaba en ella. Apartó la cara, temiendo que las lágrimas comenzaran a brotar.

–Siento tu pérdida. Te merecías tener a alguien de tu lado y me alegro de que él te ayudara –afirmó ella, mirándolo a los ojos de nuevo. Estaba decidida a mostrarle que era sincera, costara lo que costara.

Él la tomó entre sus brazos y la apretó contra su pecho, hasta que ella pudo percibir su erección.

Al instante, las palabras sobraban. Nessa adivinó lo mucho que él había estado conteniendo el deseo durante toda la noche y eso la complació. Porque Luc había dado la sensación de ser por completo inmune a todo, pero no había sido cierto. Solo había sido una máscara.

–Creo que ya hemos hablado suficiente. Llevo toda la noche queriendo hacer esto.

Antes de que Nessa pudiera preguntarle qué quería hacer, él le quitó las horquillas del moño hasta dejar que el pelo le cayera sobre los hombros.

Deslizó las manos por su cabello y le tomó el rostro entre las manos. En la fracción de segundo antes de que sus bocas se encontraran, Nessa se estremeció de emoción al comprender que estaban siendo una más de esas parejas que tanto había envidiado antes. Entonces, cuando Luc la besó, le temblaron las piernas y solo pudo aferrarse a su camisa para seguir de pie.

Tras un instante interminable, Luc apartó la boca y soltó una maldición.

—Te tomaría aquí mismo, ahora, pero la próxima vez que hagamos el amor será en una cama.

Acto seguido, la tomó de la mano y la guio de nuevo hacia el coche. Con las mejillas ardiendo, Nessa se dijo que si él hubiera querido hacerle el amor allí mismo, contra cualquier pared, no habría tenido fuerzas para negarse.

Cuando estuvieron de regreso en la casa, Luc no le dio tiempo para pensar. La llevó directamente al dormitorio. Su rostro estaba contraído por el deseo.

—Date la vuelta —ordenó él, después de haberle quitado la chaqueta de los hombros.

Nessa se volvió, dándole la espalda. Él le apartó el pelo a un lado, sobre un hombro, y le bajó la cremallera del vestido. Le desabrochó el sujetador. Cuando le recorrió la columna con los nudillos, ella tiritó de anticipación.

Entonces, Luc le dejó caer el vestido de cintura para arriba y la hizo girarse hacia él. A ella se le endurecieron los pezones bajo su mirada y, cuando se los acarició con las puntas de los dedos, tuvo que morderse el labio para no gritar de excitación.

—Desnúdame —pidió él.

Contemplando el rostro embelesado de Nessa, Luc comenzó a sudar, por el esfuerzo que tenía que hacer para no arrancarle el vestido en ese mismo instante, tumbarla en la cama y sumergirse en su dulce interior. Pero quería controlar sus impulsos y tomarse su tiempo para disfrutar de ella.

Ella alargó las manos y le desabrochó los botones de la camisa uno por uno con cara de concentración. Luego, le quitó la camisa y continuó con el cinturón y la cremallera de los pantalones.

–Tu vestido y tu ropa interior. Quítatelos –pidió él con voz ronca y desesperada.

Ella se quitó el resto del vestido hasta el suelo. Luego, se quitó las braguitas, dejando al descubierto sus rizos de oro rojizo entre las piernas. Estaba sonrojada y evitaba mirar a Luc.

–Eres preciosa, Nessa.

–Si tú lo dices...

–Sí lo digo. Túmbate en la cama.

Ella se subió a la cama y se tumbó boca arriba.

–Abre las piernas.

Tímidamente, Nessa hizo lo que le pedía. Cuando vio lo húmeda que estaba, Luc se quitó los calzoncillos y le apartó un poco más los muslos. Se arrodilló entre sus piernas, volviéndose loco con su aroma.

La besó en la cara interna de los muslos, que temblaban bajo su contacto. Luego, le separó los labios de su parte más íntima y posó allí su boca, emborrachándose con su esencia. Nunca había probado nada tan dulce.

–Luc, ¿qué estás haciendo...? Oh, cielos...

Él sonrió contra su sexo, mientras sentía cómo ella respondía, cómo se derretía, se estremecía bajo su lengua. Cuando deslizó un dedo dentro, ella llegó al orgasmo de inmediato.

Sin hacerse esperar, entonces, Luc se puso un preservativo y se colocó sobre ella. Nessa lo miró con ojos soñadores, saciados.

—Eso ha sido... increíble.

Durante un segundo, a pesar de la urgencia que lo consumía, Luc se detuvo. Había algo tan abierto y honesto en los ojos de Nessa que no podía aguantarlo. Se sentía como si ella estuviera mirando en las profundidades de su alma... de una forma en que nadie lo había mirado nunca. Era una sensación demasiado honda, demasiado nueva e inquietante. Y le hacía sentir demasiado expuesto.

—Date la vuelta —ordenó él.

Nessa titubeó un momento con gesto de confusión. Él le puso la mano de nuevo entre las piernas, donde estaba tan mojada, tan caliente y tan sabrosa.

—Date la vuelta, *minou*.

Ella obedeció y él la sujetó de las caderas para hacer que se colocara a cuatro patas. Ella lo miró por encima del hombro en una postura sumamente erótica.

—¿Luc?

Sujetándola de la caderas, Luc la penetró. Vio cómo los ojos de ella se abrían y se inflamaban. Entonces, comenzó a entrar y salir con toda la lentitud de que fue capaz, hundiéndose más y más en su interior.

Ella gimió y se apoyó sobre los codos, dejando que su pelo cayera como una cascada sobre las sábanas blancas. Se aferró a ellas, apretando los puños, acercándose al clímax con cada arremetida.

Pero, a pesar de que notaba cómo el cuerpo de Nessa se tensaba a su alrededor, próximo al orgasmo, Luc no podía hacerlo de esa manera, por muy vulnerable que se sintiera cuando ella lo miraba a los ojos. Salió de ella y la giró para que estuviera boca arriba.

Ella estaba jadeante, con la piel mojada por el sudor.

—Luc...

—Mírame.

Ella lo hizo, con ojos grandes y confiados. Desesperado, Luc la penetró solo una vez más. Fue todo lo que necesitó para explotar en un océano de éxtasis.

Cuando Luc fue capaz de moverse de nuevo, se soltó de los brazos de Nessa y se dirigió al baño para quitarse el preservativo. Se apoyó sobre el lavabo con la cabeza gacha, como si el sexo le hubiera drenado todas sus fuerzas.

Hizo una mueca, recordando la historia de Sansón y Dalila. Era normal sentirse agotado después de haber experimentado tan exquisito placer. Pero una vocecilla en su interior le dijo que no había sido capaz de llegar al orgasmo hasta que habían estado mirándose a los ojos. Había necesitado sentir esa conexión. Algo que no le había pasado nunca antes.

Se quedó helado. Los sucesos de la noche inundaron su mente.

Le había contado a Nessa más cosas sobre su vida privada de lo que le había contado a nadie jamás. Había compartido con ella la triste historia de su pasado sin titubear. Helado, comprendió lo que eso significaba.

Había perdido la noción de quién era ella. Había olvidado que podía ser cómplice de un robo.

Con un nudo en la garganta, se dijo que se había dejado cegar por el deseo y que había hecho oídos sordos a todo lo que había aprendido en la vida, había ignorado las lecciones que le habían enseñado a no confiar en nadie. Con el corazón galopándole en el pecho, comprendió lo cerca que había estado de... confiar en ella.

Pero había sido solo sexo. Eso era todo, se repitió a sí mismo.

Nessa había dado un nuevo impulso a su negocio, desde que había empezado a montar sus caballos, eso era lo importante. Después de todo, estaba en deuda con él. Su hermano le había robado un millón de euros y ella debía pagar esa deuda.

A pesar de la dulzura y la aparente inocencia de Nessa, no podía asegurar que no quisiera aprovecharse de él.

No podía volver a ser débil. Ni volver a confiar.

Capítulo 9

NESSA podía oír a Luc en el baño. La ducha estaba encendida. Abrió los ojos en la penumbra de la habitación, sin poder dejar de imaginarse cómo el agua caería sobre su imponente cuerpo desnudo. Entre las piernas, notaba una sensación placentera, recordando cómo él la había penetrado una y otra vez.

Al instante, pensó en cómo la había tomado por detrás y le subió la temperatura. Había sido algo salvaje y erótico, aunque la había hecho sentir insegura, fuera de su elemento. No le había gustado no poder verle los ojos y la cara. Hasta que él la había girado y le había dicho que lo mirara. Había sido lo único que ella había necesitado para explotar en un delicioso orgasmo.

La puerta del baño se abrió. Sintiéndose de pronto vergonzosa, Nessa se cubrió con la sábana.

Luc se quedó parado en la puerta, con una toalla alrededor de la cintura. Gotas de agua le caían por sus músculos esculturales.

—Deberías volver a tu cama ahora.

Ella se sentó, apretándose la sábana contra el pecho. Una oleada de humillación la recorrió. ¿Qué había esperado? ¿Que Luc volviera a la cama y la tomara entre sus brazos de nuevo, susurrándole dulces palabras?

–No duermo con mis amantes –señaló él, por si no había sido lo bastante claro.

Ella lo miró, incapaz de ocultar lo ofendida que se sentía.

–Está bien. No tienes que darme explicaciones.

Se levantó y buscó el vestido, que estaba en el suelo a un par de metros de la cama. Estaba preguntándose cómo llegaría hasta su ropa sin exponer su cuerpo desnudo, cuando Luc se acercó con un albornoz en la mano.

–Toma –dijo él con tono brusco.

Nessa lo tomó y se lo puso a toda prisa. Se odiaba a sí misma por sentirse tan dolida solo porque él le hubiera confirmado lo que era obvio: para él no era distinta del resto de sus amantes.

Pero ella quería ser diferente, reconoció para sus adentros, reprendiéndose por su peligrosa ingenuidad.

Antes de que Luc pudiera adivinar sus sentimientos, ella tomó el vestido del suelo y se dirigió a la puerta, evitando la mirada de él. Sin embargo, se forzó a sí misma a volverse un momento.

–Gracias por esta noche. Lo he pasado muy bien.

Antes de que él tuviera tiempo de responder, Nessa salió.

En vez de experimentar satisfacción por haber dejado claros los límites, Luc se quedó pensando en la expresión de ella, en cómo se había tapado con el albornoz, evitando su mirada. Nessa no era como las demás mujeres con las que se había acostado. Y se sentía como un imbécil por haberle hecho daño.

Si era honesto consigo mismo, se arrepentía de lo que había dicho. Quiso salir tras ella, llevarla de vuelta a su cama y continuar donde lo habían dejado.

Maldiciendo, volvió al baño para darse una ducha

fría. Maldita Nessa O'Sullivan. No debía haber dejado que ella le calara tan hondo. Cuanto antes encontraran a su hermano, mejor que mejor.

Nessa no pudo dormir cuando se fue a su dormitorio. Salió a la terraza y se sentó en una silla frente a las hermosas vistas. Había sido una ingenua. Por un momento, había imaginado que lo que Luc le había contado sobre su pasado había significado algo.

Pero no había querido decir nada. Él había tenido ganas de recordar su infancia y le había tocado a ella escucharlo.

Entonces, de pronto, lo entendió.

Se había enamorado de él, admitió para sus adentros, presa del pánico. Era demasiado tarde. Lo había defendido delante de Celeste Fouret como habría hecho con uno de sus seres queridos. Sentía náuseas solo de pensar que Luc había interpretado su defensa como devoción y, por eso, la había enviado a su cuarto.

En ese momento, tuvo la certeza de que cualquier dolor emocional que hubiera experimentado en su vida palidecería comparado con la angustia que iba a sentir cuando ese hombre la dejara. Y sabía que lo haría antes o después.

Celeste Fouret había tenido razón, después de todo. Luc Barbier nunca pertenecería a nadie. Y, menos, a Nessa. Había sido solo un entretenimiento para él.

Costara lo que costara, debía proteger su corazón.

A la mañana siguiente, Nessa se preparó e hizo la maleta antes de ir a buscar a Luc. Oyó movimiento en el salón principal y, cuando se asomó, vio al ama de llaves preparando la mesa para el desayuno.

Luc estaba sentado a la mesa, recién afeitado, con un traje oscuro, tomando café y leyendo el periódico. Él apenas le dedicó una mirada. Parecía tan duro y distante como una roca. Pero era mejor así, se dijo ella. De esa manera, le resultaría más fácil hacer lo que tenía que hacer.

Lucille le dijo que tomara asiento y que le serviría el desayuno. Nessa sonrió y le dio las gracias.

Cuando ella se sentó, vestida con vaqueros y una camiseta, él dejó el periódico.

—¿Has dormido bien?

—Muy bien, gracias —mintió ella—. Tienes una casa preciosa. Eres afortunado.

Lucille volvió y colocó un plato delante de Nessa con huevos revueltos, salmón y tostada con mantequilla. Tenía un aspecto delicioso, pero ella no tenía hambre. Más bien, tenía una ligera sensación de náuseas.

—La suerte no tiene nada que ver con que yo tenga esta casa. Se la debo solo al trabajo duro.

A Nessa no debió de sorprenderle que no creyera en cosas como la suerte y la casualidad. Sin embargo, tuvo ganas de pincharle un poco, desbancando su sombría actitud con algo de optimismo.

—Pues yo sí creo en la suerte. Creo que siempre hay un momento en que el destino interviene y puedes elegir entre aprovechar una oportunidad o no. No todo está bajo nuestro control.

—Al parecer, no —dijo él, apretando la mandíbula.

Nessa no estaba segura de qué significaba eso. Pero tenía ganas de provocarle un poco más.

–¿No crees que fue una suerte para ti conocer a Pierre Fortin?

–Me dio una oportunidad y yo supe aprovecharla –repuso él.

Nessa decidió dejar el tema y picó un poco de su desayuno.

–Tengo varias reuniones a las que asistir hoy en París. Mi chófer te llevará a mis establos a las afueras de la ciudad esta mañana. Allí te recibirá Francois, el jefe de entrenadores. Él valorará qué tal llevas a Sur La Mer y, en función de lo que me diga, lo montarás en la carrera de la semana que viene. O no.

Nessa dejó el tenedor.

–¿Y qué pasa si no manejo bien a tu caballo?

Luc se encogió de hombros.

–Entonces, volverás a mis establos de Irlanda.

Ella se sintió como un peón movido de un sitio a otro a su voluntad. La metía y la sacaba de su cama, de sus establos... Era hora de exigir su independencia.

–Luc, yo...

–Mira, Nessa...

Los dos hablaron al mismo tiempo y se callaron.

–Habla tú –invitó él.

Ella tragó saliva con el corazón acelerado.

–Solo quería decir que no creo que debamos acostarnos juntos nunca más. He venido aquí para trabajar. Me gustaría centrarme en eso.

Los ojos de Luc parecían dos joyas indescifrables. Era imposible saber lo que pensaba, se dijo ella.

–De acuerdo. Iba a decir lo mismo.

–Bien –repuso ella con rapidez, aunque una patética parte de ella había esperado que él se lo discutiera.

Entonces, Luc se levantó y se dirigió a la ventana. Nessa se puso en pie también, notando una creciente sensación de náusea.

—Como has dicho, estás aquí para hacer un trabajo. Además, has demostrado tener talento para ello. Eso es lo que más importa ahora.

Por supuesto que era importante, porque estaba dando al nombre de Barbier una buena dosis de respeto y éxito. Y, como ella había aprendido, para Luc su negocio y su reputación lo eran todo. Era comprensible, después de todo lo que él había pasado en su infancia. Pero no había lugar en su vida para el amor, ni para tener una familia.

—Mi vida no está hecha para tener una relación, Nessa. No tengo nada que ofrecerte, excepto lo que hemos compartido. Hay otras mujeres que pueden entenderlo y aceptarlo. Tú eres distinta y, créeme, eso es algo positivo. Pero yo no creo en finales felices. Para mí... ya se ha desvanecido la emoción de la novedad.

Su amante virginal había perdido el atractivo de la novedad. Nessa debería estarle agradecida por ser tan brutalmente honesto. Sin embargo, solo podía sentir un hondo dolor.

—Estoy lista para irme ya. Avisa a tu chófer, por favor.

Durante un largo instante, el silencio pesó sobre ellos.

—Claro, lo llamaré y lo avisaré.

Muy civilizado, pensó ella.

Entonces, se dio media vuelta y salió del salón. Corrió a su habitación y, en el baño, no pudo reprimir las náuseas. En el espejo, reparó en lo pálida que estaba.

Era hora de recuperarse y olvidarse de todo lo que había pasado entre los dos. Debía hacer la carrera, ganar el dinero, pagar la deuda de Paddy. Ese era su único objetivo. Nada más.

Cuatro días más tarde, Nessa estaba agotada y dolorida de los entrenamientos. Francois apareció en la puerta de los establos, donde ella estaba cepillando a Sur La Mer.

Casi había esperado que el caballo la tirara al suelo cuando intentara montarlo. Al contrario, los dos se habían llevado a la perfección desde el primer momento. Había sido un animal maravilloso y habían conectado muy bien. Francois había estado emocionado.

Luc no se había presentado por allí para ver los entrenamientos, pero uno de los otros jockeys le había informado a Nessa de que había cámaras de circuito cerrado y que Luc solía revisar las imágenes desde su oficina.

Al pensar que él observaba sus progresos, pero evitaba tener más contacto personal con ella le atravesaba el corazón como un cuchillo.

Francois la estaba mirando, como si esperara una respuesta. ¿Le había dicho algo?

—Lo siento, ¿querías algo? —preguntó ella.

—Es Luc. Quiere verte en su despacho. Está en la casa principal. En la primera planta.

Las náuseas que desde hacía días no la abandonaban volvieron a la carga. Ella se limpió las manos y le dio una palmadita en el lomo a Sur La Mer antes de salir de los establos.

Francois la acompañó hasta la puerta de la casa y la dejó sola allí. Nessa subió a la primera planta. Respiró hondo antes de llamar a la puerta del despacho, odiándose a sí misma por estar tan nerviosa ante la perspectiva de volver a verlo.

Llamó con suavidad.

—Entra.

Cuando Nessa abrió, se encontró a Luc de pie tras su escritorio, vestido con vaqueros y una camiseta. De pronto, ella se encontró tan mareada que creyó que se iba a desmayar. Se agarró al picaporte de la puerta como si le fuera la vida en ello.

—¿Querías verme?

Entonces, se dio cuenta de que él estaba al teléfono. Le hizo una señal, tendiéndole el auricular que tenía en la mano.

—Es Paddy.

—¿Paddy...?

—Tu hermano —dijo él con impaciencia.

Conmocionada, Nessa tomó el teléfono.

—¿Ness? ¿Estás ahí?

Ella bajó la vista para ocultar las lágrimas que le nublaban la visión al escuchar a su hermano.

—Paddy, ¿dónde estás? ¿Qué está pasando?

Su hermano sonaba contento.

—Ness, ya se ha aclarado todo. Bueno, no está solucionado lo del dinero. Todavía estoy en deuda con el señor Barbier. Pero, al menos, sabe que no fue culpa mía. Ha aceptado devolverme mi trabajo y empezaré a pagarle con parte de mi sueldo. Voy a hacer un curso en ciberseguridad para prevenir que esto vuelva a pasar. Me dijo que vas a montar para él en la carrera de mañana. ¡Qué buena noticia, Nessa! Ahora tengo que irme. Voy a tomar un vuelo de regreso esta noche. Te llamaré cuando llegue y te lo contaré todo. Te quiero, hermanita.

Acto seguido, la llamada se cortó.

Ella se quedó mirando el teléfono un momento, tratando de poner en orden sus pensamientos. Cuando, por fin, alzó la vista, Luc estaba parado delante de la ventana, cruzado de brazos.

–¿Puedes contarme qué ha pasado? –pidió ella.

–Fue Gio Corretti quien se dio cuenta de lo que había sucedido, porque ya le había pasado con otro caballo. Alguien hackeó su ordenador para suplantar su identidad en el correo electrónico. Luego, le dio al comprador un número de cuenta diferente, donde se desvió el dinero de la compra. Es lo mismo que le pasó a Paddy –informó él–. Poco después de haber hablado con Gio Corretti, mi equipo de seguridad localizó a tu hermano en Estados Unidos. Estaba en casa de su hermano gemelo.

Nessa se sonrojó, pues ella ya lo había sabido.

–Me puse en contacto con Paddy para decirle que podía volver. Le dije que no volviera nunca a comportarse como un asno, huyendo de un problema así.

Luc se pasó una mano por el pelo. Parecía cansado. Tenía una sombra de barba en la mandíbula. Acongojada, ella se preguntó si ya le habría buscado sustituta en la cama.

–Es obvio que ahora eres libre para irte. Me gustaría que montaras mañana a Sur La Mer, pero si prefieres no hacerlo, lo entenderé. Ya no tienes ninguna obligación hacia mí.

Ella parpadeó. No había pensado en eso.

–¿Y qué pasa con la deuda de Paddy? Dijo que todavía tenía que devolverte el dinero.

–Le dije que le perdonaría la deuda, pero él insistió en aceptar su responsabilidad por haber dejado que los hackers lo engañaran. Intenté disuadirlo, pero no lo conseguí.

Luc había estado dispuesto a perdonar a su hermano un millón de euros, pensó ella, emocionada.

Entonces, Nessa tomó una decisión. Aunque lo único que quería era apartarse a un lugar alejado donde poder lamer sus heridas en soledad, participaría en la carrera. Debía ser profesional y era una gran oportunidad para ella.

–Iré a la carrera mañana. Pero, si gano, quiero que el dinero sea para pagar la deuda.

–¿No lo quieres para ti?

–No. Yo no quiero nada. No necesito nada de ti. ¿Puedo irme ya? –preguntó ella. Sin embargo, cada célula de su cuerpo ansiaba estar cerca de aquel hombre, sentir su contacto.

–Sí, puedes irte –repuso él tras un momento de silencio.

Nessa se volvió hacia la puerta pero, justo antes de que saliera, Luc la llamó. Sin poder evitar un atisbo de esperanza, ella se giró.

–Hagas lo que hagas y vayas donde vayas en el futuro, siempre podrás contar con mi recomendación. Me gustaría que te quedaras en mis establos aquí o en Irlanda, pero no creo que quieras seguir trabajando para mí.

Era impensable seguir cerca de Luc Barbier cada día a lo largo de los años, siendo testigo de cómo él cambiaba de mujer como de camisa. Por otra parte, su propuesta demostraba una vez más lo indiferente que ella era para él.

—La verdad, después de mañana, Luc, espero no volver a verte —dijo ella, levantando la barbilla.

Al día siguiente, antes de la carrera, Nessa estaba muerta de nervios. Había vomitado el desayuno en el baño del vestuario. Maldijo a Luc Barbier como fuente de sus ansiedades y se obligó a concentrarse en la carrera que tenía por delante.

Se había reservado un billete de regreso a Dublín para esa misma noche. Pronto, todo sería cosa del pasado.

Se dirigió a la línea de salida con el resto de jockeys y caballos, ajena a las miradas de curiosidad. Tras subirse a Sur La Mer, respiró hondo. Y, en el momento de la salida, se concentró en dar rienda suelta a la fuerza del caballo que montaba.

—No me lo puedo creer, Luc. Va a ganar —comentó Francois.

Luc contemplaba la carrera con el pecho henchido de orgullo y algo más difícil de definir.

Nessa cortaba el aire como un cometa. Parecía diminuta sobre ese caballo y, de pronto, una oleada de miedo inundó a Luc.

Cuando la había visto el día anterior en su despacho, había tenido que echar mano de toda su fuerza de voluntad para no tomarla entre sus brazos y llevársela a la cama.

No había sido capaz de olvidarla. Ardía de deseo

por ella. Pero era demasiado tarde. Nessa se iría enseguida. Y esperaba no volver a verlo.

Pensó en seducirla de nuevo, aunque se dijo que no podía hacerlo. Ella no era como las otras mujeres. Era fuerte y delicada a la vez. Sus ojos no ocultaban nada. Podía decir que no creía en los cuentos de hadas, pero él sabía que albergaba la esperanza de encontrar a su príncipe azul.

Se merecía a alguien que pudiera satisfacer ese anhelo.

Pero, por mucho que se dijera a sí mismo que la dejaba marchar para protegerla, algo que le hacía sospechar que también lo hacía para protegerse a sí mismo. Aunque no sabía de qué.

—¡Mira, Luc! ¡Ha ganado!

Luc vio a Nessa atravesar la meta como una flecha. Pero algo andaba mal.

—¡*Merde*, Luc! ¡Ese caballo está fuera de control! —gritó Francois.

Entre los caballos que iban llegando, Luc vio que había uno que había tirado a su jinete. Estaba desbocado. Y se dirigía derecho hacia Nessa, que había aminorado el paso y sonreía, ajena a todo.

Entonces, todo sucedió a cámara lenta. El caballo desbocado se alzó sobre dos patas justo delante de Sur La Mer. Otro jockey se acercó, tratando de calmarlo. Nessa estaba justo en medio. Sur La Mer se asustó y, en medio de una exclamación asustada de la multitud, ella cayó al suelo. Bajo tres caballos.

Luc saltó la valla como un rayo. Solo podía ver una maraña de patas de caballo. Y Nessa tumbada debajo de ellas.

El equipo de urgencia ya la estaba atendiendo

cuando él llegó. Francois llegó detrás y lo sujetó del brazo.

—¡Luc! Déjalos. Están haciendo todo lo que pueden. Sur La Mer está bien.

—Me temo que solo puedo darle la información a la familia o a sus seres queridos, señor Barbier.

Seres queridos, se repitió él, tratando de contener una honda emoción. Estaba desesperado por saber si Nessa estaba bien. Y su familia no estaba allí.

—No soy solo su jefe. Hemos sido amantes.

El médico lo miró con desconfianza un momento, pero capituló ante su expresión de ansiedad.

—Muy bien. Si tienen una relación íntima, hay algo que debe saber. En cuanto a las lesiones, ha tenido mucha suerte. Escapó de aquellos caballos solo con la espalda magullada. Podía haber sido mucho peor.

A Luc se le contrajo el corazón solo de pensarlo.

—Sin embargo, hay algo más —dijo el médico con un hondo suspiro—. Me temo que no hemos podido salvar al bebé. Ella no sabía que estaba embarazada, así que imagino que también es una noticia para usted. Solo estaba de pocas semanas. No hay forma de saber seguro cuál fue la causa del aborto, puede haber sido por la caída o por el estrés. De todas maneras, no hay razón para que no pueda quedarse embarazada de nuevo y tener un bebé sano.

Minutos después, Luc estaba en la puerta del hospital, ajeno a las miradas de curiosidad que suscitaba. La cabeza le daba vueltas. Ella había estado embarazada.

Había estado a punto de ser padre y, en un instante, lo había perdido todo.

Se había pasado toda la vida diciéndose que no quería tener una familia y, sin embargo, lo único que sentía ante la pérdida era un profundo dolor.

Solo se había sentido así dos veces en su vida, cuando había encontrado el cuerpo sin vida de su madre y cuando Pierre Fortin había muerto. Se había jurado a sí mismo, entonces, no dejar que nadie se le acercara tanto como para hacerle daño.

Aun así, la pena que sentía por ese bebé no nacido delataba que se había estado engañando. Se había negado la posibilidad de tener hijos solo para protegerse a sí mismo de la tristeza potencial de perderlos.

En realidad, su corazón anhelaba tener una familia. Nessa. Ella era su familia, a pesar de la pérdida del bebé.

Allí, en las escaleras del hospital, la visión del mundo cambió de golpe para Luc. En ese instante, fue cuando supo que solo había una cosa que quería hacer.

A Nessa le dolía la espalda y, sobre todo, el vientre. El lugar que había albergado a su bebé. Un bebé del que ni siquiera había sido consciente.

Era algo cruel enterarse de que estaba embarazada y, al mismo tiempo, ya no lo estaba.

¿Pero cómo podía dolerle tanto algo que había sido tan efímero? Era por Luc. Porque había soñado con un final feliz con él, con una familia.

Acongojada, apretó los párpados para contener las lágrimas. Entonces, el sonido de la puerta la sobresaltó.

–Nessa.

Antes de mirarlo, ella respiró hondo, tratando de recuperar la compostura. Cuando giró la cabeza hacia él, supo al instante que él lo sabía. El médico se lo había dicho.

Luc llevaba el traje arrugado, la corbata desatada, la camisa con los botones superiores abiertos. Sus ojos eran tan oscuros que Nessa creyó que podía ahogarse en ellos.

–No sabía nada del bebé –se apresuró a explicar ella.

–Lo sé.

–¿Lo sabes? ¿Estás seguro de que no lo hice a propósito para atraparte? –le espetó ella, incapaz de contener las emociones que bullían en ella como en una olla a presión.

–En una ocasión, podía haber sospechado algo así –admitió él con gesto de sufrimiento–. Pero ahora te conozco mejor.

–No, no me conoces. No tienes ni idea de qué quiero.

Luc se sentó en el borde de la cama, mirándola con intensidad.

–¿Qué quieres, Nessa?

–Quiero que te vayas. Mi hermano va a venir desde Dublín para llevarme a casa mañana por la mañana.

–Hemos perdido a nuestro bebé, Nessa. Tenemos que hablar de esto –dijo él, tiñendo sus palabras de una honda emoción.

–Yo he perdido al bebé, Luc. No finjas que te habría gustado ser padre.

Él se puso en pie con mirada ardiente.

–¿Qué estás diciendo? ¿No me lo habrías contado?

–No lo sé. No tuve que tomar esa situación –reconoció ella.

–¿Te habrías deshecho de él?

–No –negó ella de inmediato, sin pensarlo, llevándose las manos al vientre.

Luc se relajó un poco. Se pasó la mano por el pelo. La miró.

–No te negaré que la noticia me tomó por sorpresa. Y no te culpo por pensar que no querría al bebé. Siempre he dicho que no quería tener una familia. Pero ahora las cosas son diferentes.

A ella se le aceleró el corazón de golpe.

–¿Qué quieres decir?

–Creo que deberíamos casarnos.

Capítulo 10

NESSA se quedó boquiabierta, conmocionada.
—¿Seguro que no te has dado un golpe en la cabeza?

Luc meneó la cabeza.

—Lo digo en serio, Nessa. Ahora mismo, estaríamos viendo las cosas de forma distinta si no hubieras perdido al bebé.

—¿Crees que fue culpa mía? —le interpeló ella, dolida—. La semana pasada tenía muchas náuseas, pero pensé que era solo por...

Luc se sentó en la cama de nuevo.

—No, Nessa. Claro que no fue culpa tuya. El médico dice que estas cosas pasan. Pero el hecho es, si estuvieras embarazada, nos casaríamos de todas maneras. Ningún hijo mío nacerá fuera del matrimonio. Yo nací así y no quiero dejarle el mismo legado a mis hijos.

Nessa se esforzó por entender adónde quería él llegar.

—Pero no estoy embarazada, ¿así que por qué ibas a querer casarte conmigo?

Luc se levantó de nuevo y comenzó a dar vueltas en la habitación.

—Porque esta experiencia me ha hecho comprender que no soy tan reacio a tener una familia. Ahora veo los beneficios de tener un hijo, un heredero.

—Eso suena muy cínico —observó ella.

–Lo querría todo lo que puedo querer. Le daría una buena vida, todas las oportunidades. Hermanos y hermanas. Como tu familia.

–¿Y qué pasa conmigo? ¿Me querrías a mí todo lo que pudieras?

–No estamos hablando de amor –repuso él–. Por eso, sería un éxito. Todavía te deseo, Nessa. Puedo ofrecerte mi compromiso. Somos un buen equipo. Las últimas semanas nos hemos manejado muy bien juntos profesionalmente. Podemos crear un imperio entre los dos.

–Hace unos días, me dijiste que había perdido el atractivo de la novedad.

–No quería lastimarte.

–Bueno, pues lo hiciste –le espetó ella–. Por muy halagada que me sienta porque me consideres apta para ser tu mujer, me temo que no puedo aceptar.

–¿Por qué no?

–Porque no te amo –mintió ella.

–No necesitamos amor. Hay una química increíble entre nosotros.

–Tú dijiste que eso se desvanecería con el tiempo –recordó ella.

–Subestimé nuestra atracción. No creo que se desvanezca pronto.

–¿Pero qué pasará cuando llegue el momento? ¿Tendrás amantes, mientras nuestros hijos crecen con dos padres que no se quieren? –replicó ella–. No puedo hacerlo, Luc. Quiero tener un matrimonio feliz como el que tuvieron mis padres. No me conformaré con menos. Tú puedes encontrar a cualquier otra mujer que acepte tus reglas. Estoy segura de que no te costará mucho.

–Nessa...

–Lo siento, señor. Tiene que irse. Necesita descansar. Le está subiendo la tensión –señaló una enfermera, que había entrado sin que ninguno de los dos se percatara.

–Luc, vete. Y, por favor, no vuelvas. No puedo darte lo que necesitas.

Durante un largo instante, él no se movió. Al fin, levantó las manos en gesto de rendición.

–Me iré, por ahora. Pero esta conversación no ha terminado, Nessa.

Cuando se hubo marchado, Nessa dejó caer la cabeza en la almohada. Luc le había pedido que se casara con él. Pero no había sido por amor. Había sido solo una propuesta de negocios. Para él, sería un beneficio estar relacionado con el jeque Nadim. Le abriría las puertas de la alta sociedad como tanto ansiaba. Y ella sería una atracción de feria perfecta para llevarla a las fiestas, una esposa jockey. Siempre y cuando siguiera ganando carreras, claro.

También había decidido que era conveniente tener hijos para que pudieran ser sus herederos.

En cierta forma, ella envidiaba su frío desapego. Y deseaba poder ser fría, no estar enamorada.

Cuando la enfermera le hubo tomado las constantes vitales, salió de la habitación. Entonces, sonó su teléfono en la mesilla. Era su hermana desde Merkazad.

–Ness, ¿qué diablos ha pasado? ¿Estás bien?

Haciendo un esfuerzo supremo para calmarse, Nessa se lo contó todo. Menos que se había enamorado de Luc y había perdido a su bebé.

Había pasado una semana desde que Luc había visto a Nessa en París. Había vuelto al hospital el día después de su conversación, pero había encontrado la habitación vacía. Se había enterado de que el jeque Nadim había hecho que la recogiera un jet privado para llevarla a Irlanda.

Al pensar en lo unida que estaba su familia, se sintió como un tonto. Se había equivocado de cabo a rabo desde el principio. Paddy no era un ladrón y Nessa no había sido su cómplice.

Comprendía que ella necesitara tiempo para considerar su proposición. Pero no pensaba aceptar un no por respuesta. Maldita mujer, se dijo. Siempre lo había desafiado, desde el primer día, pensó, mientras buscaba sin querer su cabello rojizo entre los campos de su granja irlandesa.

Era inconcebible que ella lo rechazara. La química entre los dos era demasiado fuerte. La seduciría y le haría aceptar su propuesta, planeó. No había otra opción.

—¿Cómo que no está en casa?

Luc había llamado a Paddy a su despacho para pedirle que le indicara cómo llegar a la granja O'Sullivan. Era hora de ir a buscar a Nessa.

—Se ha ido a Merkazad. Iseult necesitaba ayuda con el bebé.

—¡Pero está convaleciente!

—Dijo que ya se sentía mejor —repuso Paddy, bajando la cabeza.

Irritado, Luc le dijo a Paddy que saliera y se quedó dando vueltas en su despacho como un animal enjaulado. Nessa estaba en la otra punta del mundo. Y él la necesitaba.

Entonces, de pronto, lo comprendió. Nunca había necesitado a nadie en su vida. Ni siquiera Pierre Fortin había sido tan importante para él.

Asustado ante la fuerza de sus propios sentimientos, se sirvió un vaso de whisky. El pánico, sin embargo, no cedió.

Como un rayo, se dirigió a los establos. Los mozos de cuadra se alejaban al verlo llegar, tan terrorífica era la expresión de su rostro.

—Vaya, Luc. ¿Qué te pasa? —preguntó Pascal, cuando se topó con él.

Sin responder, Luc pasó de largo. Ensilló a su caballo favorito y salió a los campos con él. Galopó a toda velocidad, hasta que el animal estaba sin aliento.

Desmontó en la misma colina donde, cuando había comprado esa granja, había respirado con satisfacción por todos sus logros. Por primera vez, apreció que le debía a su pasado quién era. Sin embargo, no tenía a nadie con quien compartir todo lo que había conseguido. Estaba vacío.

Nessa había regresado bajo la protección de su familia y él no tenía ningún derecho a llevársela. Ella se merecía a alguien mucho mejor. Era demasiado tarde.

—Nessa, si me hubieras dicho lo del bebé, no te habría consentido que viajaras hasta aquí.

Nessa era una manojo de nervios, mientras su hermana mayor la contemplaba con ternura. Estaban tomando el té en la terraza del palacio de Merkazad. Y ella acababa de confesarle a su hermana toda la verdad.

Al menos, todo había terminado y su hermana

Iseult ya no tenía que preocuparse por nada, se dijo ella.

–No pasa nada. Me alegro de haber venido, Iseult. De verdad –afirmó Nessa.

Su hermana le apretó la mano con dulzura.

–¿Y qué pasa con Luc?

–¿Por qué? Me propuso un matrimonio de conveniencia, no por amor.

–¿Pero tú lo amas?

Aunque Nessa quiso negarlo, se le contrajo el corazón y, con lágrimas en los ojos, asintió.

Entonces, el pequeño Kamil, de cinco años, apareció corriendo en la terraza, con una tableta en las manos.

–¡Mira, tía Nessa! ¡Sales en internet!

Al momento, se sentó en el regazo de Nessa y puso el vídeo de su última carrera.

–No creo que tu tía quiera verlo, Kamil –señaló Iseult.

Pero Nessa estaba sujetando la tableta, con los ojos pegados a la pantalla. Vio cómo el caballo desbocado casi chocaba contra Sur La Mer y ella caía, desapareciendo bajo sus patas.

Una figura entró corriendo por la derecha. Un hombre empujando a todo el mundo para abrirse paso, gritando. La cámara se enfocó en él. Era Luc. Francois lo sujetaba del brazo, mientras el equipo de urgencias la ponía en una camilla.

Francois le estaba diciendo algo. Y Luc se giró con gesto salvaje.

–No me importa el maldito caballo. ¡Me importa ella!

El vídeo terminaba ahí, con la imagen congelada sobre la expresión aterrorizada de Luc.

Nessa miró a su hermana.

—¿Parece un hombre que quiera casarse con una mujer solo por conveniencia?

—Está en el gimnasio, en la primera planta. Se pasa horas allí cada mañana. Es como si quisiera exorcizar al mismo diablo.

Nessa le dio las gracias a la señora Owens. Le latía el corazón a toda velocidad, pero estaba decidida. Aunque de verdad la amara, un hombre como él nunca iría a buscarla. Estaba demasiado solo, demasiado herido por su pasado.

—Siempre lo lamentarás, si no vas a allí y lo averiguas, Nessa —le había dicho su hermana.

Dejándose llevar por un impulso, se soltó el pelo que llevaba recogido en una cola de caballo, antes de llamar a la puerta.

Nadie respondió. Despacio, asomó la cabeza y lo vio al otro lado de la sala, dando puñetazos a un saco de boxeo. Estaba desnudo de cintura para arriba, empapado en sudor, con el ceño fruncido y el pelo húmedo. Al ver la cicatriz de su espalda, a ella se le encogió el corazón.

De pronto, él paró. La había visto por el espejo. Se volvió.

Nessa se quedó sin aliento. Y supo que no podía soportar vivir sin ese hombre. Aunque él no la amara.

Despacio, ella se acercó. Poco a poco, él suavizó su expresión. Se quitó los guantes, tomó una toalla y se secó la cara, el cuello. Se puso una camiseta.

–Pensé que estabas en Merkazad.

–Así era. He vuelto.

–¿Por qué te fuiste? –quiso saber él–. Acababas de sufrir un aborto ¿y saliste corriendo a cuidar de tu hermana sin pensar en tu propio bienestar?

–Iseult no sabía nada del bebé. Y yo pensé que era buena idea irme unos días.

–Temías que volviera a pedirte matrimonio –adivinó él con gesto sombrío.

–En parte, temía que insistieras... –admitió ella. Pero lo que más había temido había sido ser incapaz de negarse.

–¿Tan terrible te parecía mi proposición?

Cuando Nessa asintió, percibió una expresión de sufrimiento en los ojos de él.

–Pero no por lo que tú crees –continuó ella, acercándose un poco más–. No podía soportar que solo fuera una alianza de negocios. Para impulsar tu éxito y tu reputación. Y solo porque acababas de decidir que querías tener una familia.

–No fue así –dijo él, mirándola a los ojos, con voz cargada de emoción–. Siento mucho todo lo que ha pasado. Solo querías ayudar a tu hermano y te traté como a una ladrona. Luego, te seduje, cuando no tenía ningún derecho a robarte tu inocencia. No tenía derecho a trastocar tu vida de esa manera –reconoció él y se puso pálido–. Cuando te vi debajo de esos caballos... pensé que te habían matado. Lo del bebé es culpa mía, Nessa. Si no te hubiera hecho participar en la carrera, no habría pasado. Tú eres inocente de todo.

De pronto, Nessa se llevó la mano a la boca, quedándose helada.

–¿Te culpas por lo que pasó? ¿Por eso estabas tan afectado cuando viste el accidente? Pensé... –balbuceó ella y volvió la cara. Nunca se había sentido tan idiota. Había pensado que él, tal vez, la amaba, pero había sido solo una cuestión de culpabilidad.

–Cuando te propuse que nos casáramos, en el hospital, no quería admitir que me siento incapaz de vivir sin ti –continuó él–. Cuando pensé que iba a perderte... Eres la única persona a la que he amado de verdad. Pero, entonces, no quería reconocerlo.

–¿Qué estás diciendo? dijo ella y parpadeó, preguntándose si estaría oyendo bien.

–Digo que te amo, Nessa –contestó él con una expresión inusual de vulnerabilidad–. Creo que te he querido desde el primer momento. Pero sé que tú no me amas. Y te mereces a alguien mejor que yo.

–Te he mentido –confesó ella tras un instante, temiendo que aquel mágico momento pudiera romperse si hablaba–. Sí te amo. Lo sé desde que fuimos juntos a París.

–¿Lo dices en serio? –preguntó él, tomando su rostro entre las manos.

Nessa asintió.

–Cuando te dije que no te quería en el hospital fue solo por despecho, porque pensaba que querías casarte conmigo solo por conveniencia.

–Nada de lo que tengo me importa, si no estás tú. Te dije que no era un matrimonio por amor porque no sabía lo que era el amor. Lo supe el día siguiente, cuando fui a buscarte y no estabas allí. Quiero tener una familia contigo, Nessa. Aunque sea una idea que me da miedo. No sé cómo actuar, nunca he tenido a nadie que me diera ejemplo.

–Yo te enseñaré –susurró ella, rodeándolo con sus brazos.

Entonces, él esbozó un gesto serio, mirándola con intensidad.

–Nessa O'Sullivan, no pienso dejar que te vayas de mi vida nunca más. ¿Quieres casarte conmigo?

–Sí, sí –repitió ella, sin poder parar de llorar–. Te quiero.

–Y yo te quiero a ti.

Mientras la sujetaba entre sus brazos, con sus bocas unidas, Luc supo que, por fin, había encontrado el amor, la paz y un hogar de verdad.

Bianca

**Estaba en deuda con el millonario…
y él estaba dispuesto a cobrar**

REHÉN DE
SUS BESOS

Abby Green

Nessa debía apelar al buen corazón del famoso millonario Luc
Barbier para poder defender la inocencia de su hermano. ¡Pero
Luc era el hombre más despiadado que ella había conocido en
su vida! Su única opción era permanecer como rehén hasta que
la deuda contraída por Paddy estuviera saldada. Sin embargo,
cuando ambos sucumbieron a la poderosa atracción que los
envolvía, ella comprendió que su inocencia era el precio que
pagaría por su romance.

Acepte 2 de nuestras mejores novelas de amor GRATIS

¡Y reciba un regalo sorpresa!

Oferta especial de tiempo limitado

Rellene el cupón y envíelo a
Harlequin Reader Service®
3010 Walden Ave.
P.O. Box 1867
Buffalo, N.Y. 14240-1867

¡Sí! Por favor, envíenme 2 novelas de amor de Harlequin (1 Bianca® y 1 Deseo®) gratis, más el regalo sorpresa. Luego remítanme 4 novelas nuevas todos los meses, las cuales recibiré mucho antes de que aparezcan en librerías, y factúrenme al bajo precio de $3,24 cada una, más $0,25 por envío e impuesto de ventas, si corresponde*. Este es el precio total, y es un ahorro de casi el 20% sobre el precio de portada. !Una oferta excelente! Entiendo que el hecho de aceptar estos libros y el regalo no me obliga en forma alguna a la compra de libros adicionales. Y también que puedo devolver cualquier envío y cancelar en cualquier momento. Aún si decido no comprar ningún otro libro de Harlequin, los 2 libros gratis y el regalo sorpresa son míos para siempre.

416 LBN DU7N

Nombre y apellido	(Por favor, letra de molde)

Dirección	Apartamento No.

Ciudad	Estado	Zona postal

Esta oferta se limita a un pedido por hogar y no está disponible para los subscriptores actuales de Deseo® y Bianca®.
*Los términos y precios quedan sujetos a cambios sin aviso previo.
Impuestos de ventas aplican en N.Y.

SPN-03   ©2003 Harlequin Enterprises Limited

DESEO

*Fuera lo que fuera lo que había sucedido
la noche del apagón les cambió la vida*

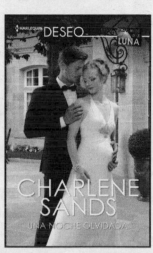

Una noche olvidada

CHARLENE SANDS

Emma Bloom, durante un apagón, llamó a su amigo Dylan McKay para que la socorriera. El rompecorazones de Hollywood acudió a rescatarla y a dejarla sana y salva en su casa. Emma estaba bebida y tenía recuerdos borrosos de aquella noche; y Dylan había perdido la memoria tras un accidente en el rodaje de una película.

Sin embargo, una verdad salió pronto a la superficie. Emma estaba embarazada de un hombre acostumbrado a quitarse de encima a las mujeres que querían enredarlo. Pero Dylan le pidió que se casara con él. Hasta que, un día, recuperó la memoria...

Bianca

Su jefe necesitaba una esposa...

UN AMOR
SIN PALABRAS

Lucy Monroe

Descubrir que su jefe, el magnate Andreas Kostas, tenía intención de casarse fue un golpe devastador para Kayla. Pero entonces Andreas le propuso que fuera ella quien llevase su anillo de compromiso.

Seis años atrás, Kayla había experimentado el incandescente placer de sus caricias y había escondido su amor por él desde entonces.

Era la proposición que siempre había soñado, pero ¿se atrevería a arriesgar su corazón sabiendo que Andreas no creía en el amor?